Противоположни сили

Противоположни сили

ALDIVAN TORRES

Canary Of Joy

CONTENTS

1. Противоположни сили   1

1

Противоположни сили

Aldivan Torres

Противоположни сили

Автор: Aldivan Torres
©2019-Aldivan Torres
Коректива: Aldivan Torres
Всички права запазени

Тази книга, включително всичките ѝ части, е защитена с авторски права и не може да бъде възпроизведена без разрешение на автора, препродадени или прехвърлени.

Кратка биография: Aldivan Torres, роден в Бразилия, е консолидиран писател в различни жанрове. Досега има заглавия, публикувани на десетки езици. От ранна възраст той винаги е бил любител на изкуството на писането, след като е консолидирал професионална кариера от втората половина на 2013 г. Надява се с писанията си да допринесе за международната култура, пробуждайки удоволствието от четенето в тези, които нямат навика. Вашата мисия е да завладеете сърцето на всеки от вашите читатели. В допълнение към литературата, основните му варианти са музика, пътуване, приятели, семейство, както и удоволствието от самия живот. "За литературата, равенството, братството, справедливостта, достойнството и честта на човешкото същество винаги" е неговото мото.

"Отдаденост"

"Първо, на Бога, създателят, за който всичко живее; към учителите на живота, които винаги ме водеха; на роднините ми, въпреки че не ме окуражаваха; на всички онези, които все още не са били в състояние да съберат "противоположните сили" в живота си".

"Царството Небесно е като човек, който сее добро семе на полето. Една нощ, когато всички спяха, врагът му дойде и сееше трева сред житото, и избяга. Когато житото се разраснало и ушите започнали да се образуват, след което се появила и тревата. Служителите търсеха собственика и му казаха. "Господине, не беше ли толкова добро семе в полето си? Кога дойде тогава, тревата?" Собственикът отговорил: "'Беше враг, който е направил това". Служителите питаха: "Да извадим ли тревата?" Собственикът отговорил: "Недей. Може да е, че при изкореняването на тревата получаваш и житото. Нека расте заедно до реколтата. И по време на прибирането на реколтата ще кажа на Сеячи: Започнете първо с тревата и го свържете в снопове, за да бъдат изгорени. Тогава съберете житото в плевнята ми." Матей 13:24"30.

<u>Резюме</u>

Противоположни сили

Противоположни сили

"Отдаденост"

Въвеждането

Нова ера

Препарати

Свещената планина

Хижата
Първото предизвикателство
Второто предизвикателство
Духът на планината
Решителен ден
Младото момиче
Треморът
Един ден преди последното предизвикателство
Третото предизвикателство
Пещерата на отчаянието
Чудото
Излизане от пещерата
Събирането с Пазителя
Сбогуване с планината
Пътуване назад във времето
Къде съм?
Първи импресии
Хотел
Вечерята
А се разходят из селото
Черният замък
Руините на Параклиса
Орденът
Среща на жителите
Решителен разговор
Видение
Началото
Железопътната линия
Преместването
Пристигането в бунгалото
Среща с кмета
Среща на земеделските стопани
Обратно вкъщи

Съобщението
Първият работен ден
Пикникът
Спускането от планината
Злоупотребите на майора
Маса
Размисли
Сукавон
Пазарът
Случаят на крава
Съобщение
Събрание
Изповед
Клюка
Пътуване до Ресифи
Завръщане във Вътрешността
Уговорен брак
Посещение
Побоя
Братовчедът на Геруса
"Благословията"
Явления
Нов приятел
Денят преди сватбата
Трагедия
Черният облак
Мъчениците
Край на Видението
Свидетелство
Обратно към хотела
Идеята
Фигурата на майора

Заданието
Първата среща с Кристин
Върнете се в Замъка
Съобщението II
Пътуване до Климерио
Решение
Опитът в пустинята
богомолците на мрака
Опитът на притежанието
Затворът
Диалог
Посещение на Ренато
Третата среща с Кристин

1. Позоваването на Ангела
2. Финалната битка
3. Сривът на съществуващите структури
4. Разговор с майора
5. Сбогуване
6. Възвращаемостта
7. У дома
8. Епилог

Въвеждането

"Противоположните сили" се представя като алтернатива на преодоляването на голямата двойственост, която съществува във всеки един от нас. Колко пъти в живота сме изправени пред ситуации, в които и двете алтернативи имат благоприятни и неблагоприятни обстоятелства и актът на избор на един от тях става истински мъченичество. Трябва да се научим да размишляваме и да мислим внимателно кой е истинският път, който трябва да се следва, и последиците от този избор. Накрая трябва да съберем "противоположните сили" на живота си и да ги накараме да дават плод. По този начин можем да постигнем много желано щастие.

Що се отнася до аспекта на книгата, можем да кажем, че е дошла от плача, който чух в пещерата на отчаянието. Този плач беше причина за всички приключения, разказани в книгата. Мисията е изпълнена; Надявам се, че съм достигнал целта си, която е да направя само един човек да мечтае. Това предлагам още повече сега, откакто живеем в свят, изпълнен с насилие, жестокост и несправедливост. "Противоположните сили" никога повече няма да бъдат същите след публикуването му и нямам търпение да започна ново приключение заедно с читатели, които също възнамеряват да направят това.

Авторът

Нова ера

След неуспешен опит да публикувам книга, чувствам силата си, възстановяваща и укрепваща. Все пак вярвам в таланта си и имам вяра, че ще изпълнявам мечтите си. Научих, че всичко се случва по негово време и вярвам, че съм достатъчно зрял, за да реализирам целите си. Винаги помнете: Когато наистина искаме нещо, светът заговорничи да го осъществи. Така се чувствам: подновен със сила. Поглед назад, мисля за произведенията, които четох толкова отдавна, които със сигурност обогатиха моята култура и знанията ми. Книгите ни довеждат през непознати за нас атмосфери и вселени. Чувствам, че трябва да бъда част от тази история, великата история, която е литературата. Няма значение дали ще остана анонимен или ще стана велик автор, който е признат в световен мащаб. Това, което е важно, е приносът, който всеки един дава на тази велика вселена.

Радвам се за това ново отношение и се подготвям да направя голямо пътуване. Това пътуване ще промени съдбата ми и съдбите на тези, които търпеливо могат да прочетат тази книга. Нека отидем заедно в това приключение.

Препарати

Опаковам куфара си с личните си предмети от изключителна важност: Някои дрехи, някои добри книги, неразделният ми разпятие и библията и някаква хартия за писане. Чувствам, че ще спечеля много вдъхновение от това пътуване. Кой знае, може би ще стана автор на незабравима история, която влиза в историята. Преди да отида обаче, трябва да се сбогувам с всички (особено майка ми). Тя е свръхзащита и няма да ме пусне без основателна причина или поне с обещание, че скоро ще се върна. Чувствам, че ще трябва, един ден, да дам плача на свободата и да летя като птица, създала крилата си... и тя ще трябва да разбере това, защото аз не принадлежа към нея, а по-скоро към вселената, която ме посрещна, без да изисква нищо от мен в замяна. За вселената е, че съм решил да стана писател и да изпълнявам ролята си и да развивам таланта си. Когато пристигна в края на пътя и съм направил нещо от себе си, ще бъда готов да вляза в общуване със създателя и да науча нов план. Сигурен съм, че ще имам и специална роля в нея.

Хващам се за куфара си и с това чувствам мъка да се издигне в мен. Въпросите ми идват на ум и ме смущават: Какво ще бъде това пътуване? Неизвестното ще бъде ли опасно? Какви предпазни мерки да взема? Това, което знам е, че ще бъде провокиращо мисълта за кариерата ми и съм готов да го направя. Хващам куфара си (отново) и преди да си тръгна, търся семейството си, за да се сбогувам. Майка ми е в кухнята и приготвя обяд със сестра ми. Сближавам се и решавам решаващата проблематика.

"Виждаш ли тази чанта? Това ще бъде единственият ми спътник (с изключение на вас, читатели) в пътуване, което съм готов да направя. Търся мъдрост, знание и удоволствието от професията си.

Надявам се, че и двамата разбирате и одобрявате решението, което съм взел. Елате; прегърни ме и добри пожелания.

"Сине мой, забрави целите си, защото са невъзможни за бедни хора като нас. Казвал съм хиляди пъти: Няма да бъдеш идол или нещо подобно. Разберете: Не сте роден да бъдете велик човек" – казва Джулиета, майка ми.

"Чуй майка ни. Тя знае за какво говори и е права. Мечтата ти е невъзможна, защото нямаш талант. Приемете, че мисията ви е само да бъдете прост учител по математика. Няма да стигнете по-далеч от това" – каза Далва, сестра ми.

"Значи тогава, без прегръдки? Защо вие момчета не вярвате, че мога да бъда преуспял? Гарантирам ви: Дори и да платя, за да реализирам мечтата си, ще бъда успешен, защото велик човек е този, който вярва в себе си. Ще направя това пътуване и ще открия всичко, което има за разкриване. Освен това ще бъда щастлив, защото щастието се състои в следването на пътя, по който Бог просветлява навсякъде около нас, така че да станем победители.

След като казах това, насочвам се към вратата със сигурност, че ще бъда победител на това пътуване: пътуването, което ще ме отведе до неизвестни дестинации.

Свещената планина

Преди много време чух за изключително негостоприемна планина около Рибарско градче. Той е част от планинската верига на Ороруба (коренно име), където пребивават местните хора местен . Казват, че е станало свещено след смъртта на мистериозен човек от медицината от едно от племената Местен . Тя може да направи всяко желание реалност, ако намерението е чисто и искрено. Това е отправната точка на моето пътуване, чиято цел е да направя невъзможното възможно. Вярвате ли, читатели? След това останете при мен, като обръщате специално внимание на повествование.

Следвайки магистрала BR"232, достигаща до община Рибарско градче, на около петнадесет мили от центъра, е Мимосо, един от неговите области. Модерен мост, наскоро построен, дава достъп до мястото, което е между планините на Мимосо и Ороруба, окъпан от река Мимосо, която минава към дъното на долината. Свещената планина е точно в този момент и там карам.

Свещената планина се намира в непосредствена близост до квартала и за кратко време съм под нея. Умът ми се лута из пространството и далечното време, представяйки си неизвестни ситуации и явления. Какво ме очаква при изкачването на тази планина? Тези със сигурност ще бъдат съживяване и стимулиране на преживявания. Планината е с къс ръст (2300 фута (0,7 км).) и с всяка стъпка се чувствам по-уверена, но и очакваща. Спомените ми идват на ум за интензивни преживявания, които съм живял през двадесет и шестте си години. В този кратък период имаше много фантастични събития, които ме накараха да повярвам, че съм специален. Постепенно мога да споделя тези спомени с вас, читатели, без вина. Въпреки това, не му е времето. Ще продължа нагоре по пътеката на планината, търсейки всичките си желания. Това се надявам и за първи път съм уморен. Изминах половината от маршрута. Аз не се чувствам физическо изтощение, но главно умствено поради странни гласове, молещи ме да се върна. Настояват доста. Въпреки това, аз не се отказвам лесно. Искам да стигна върха на планината за всичко, което си струва. Планината диша за мен с въздух на промяна, които излъчват за онези, които вярват в светостта й. Когато стигна там, мисля, че ще знам какво точно да направя, за да стигна до пътеката, която ще ме отведе през това пътуване, което чакаш толкова дълго. Пазя вярата и целите си, защото имам Бог, който е Бог на невъзможното. Да продължим да вървим.

Вече изминах три четвърти от пътеката, но все пак, преследват ме гласовете. Кой съм аз? Къде отивам? Защо чувствам, че животът ми ще се промени драстично след преживяването в планината? Освен гласовете, изглежда, че съм сам на пътя. Може ли да е, че други писатели са почувствали същото нещо да върви по свещени пътеки? Мисля, че мистицизмът ми ще е за разлика от всеки друг. Трябва да продължа; Трябва да преодолея и устоя на всички препятствия. Трънките, които нараняват тялото ми, са изключително опасни за човешките същества. Ако преживея това изкачване, вече ще се считам за победител.

Стъпка по стъпка съм по-близо до върха. Вече съм само на няколко метра от него. Потта, която тече по тялото ми, изглежда е вградена със свещени ухания на планината. Спирам за малко. Ще бъдат ли загрижени близките ми? Е, сега наистина няма значение. Трябва да мисля за себе си, сега, за да стигна до върха на планината. Бъдещето ми зависи от това. Само няколко крачки повече и пристигам на върха. Студен вятър духа, измъчвани гласове объркват разсъжденията ми и аз не се чувствам добре. Гласовете викат:

"Той успя; той ще бъде награден! "Достоен ли е изобщо? " Как успя да изкачи цялата планина? Объркана съм и съм замаяна; Не мисля, че съм добре.

Птиците плача, а слънчевите лъчи галят лицето ми в неговата цялост. Къде съм? Чувствам се сякаш съм се напила предния ден. Опитвам се да стана, но една ръка ми пречи. Освен това виждам, че на моя страна е жена на средна възраст, с червена коса и загоряла кожа.

"Кой си ти? Какво стана с мен? Цялото ми тяло ме боли. Умът ми се чувства объркан и неясен. Да не би да си на върха на планината, причинявайки всичко това? Мисля, че трябваше да остана в къщата си. Мечтите ми ме подбудиха до този момент. Изкачих се бавно в планината, изпълнена с надежда за по-добро бъдеще и някаква посока към личностния растеж. На практика обаче не мога да се движа. Обясни ми всичко това, умолявам те.

"Аз съм пазителят на планината. Аз съм духът на Земята, който духа по-горе и йон. Бях изпратен тук, защото спечели предизвикателството. Искаш ли да сбъднеш мечтите си? Ще ти помогна да го направиш, чедо Божие! Все още имате много предизвикателства, пред които трябва да се изправите. Ще те подготвя. Не се страхувайте. Твоят Бог е с теб. Почини си малко. Ще се върна с храна и вода, за да оттоворя на вашите нужди. Междувременно се отпуснете и медитирайте както винаги.

Като казах това, дамата изчезна от видението ми. Това обезпокоително изображение ме остави по-затруднен и по-пълен със съмнения. Какви предизвикателства ще имам да спечеля? От какви стъпки се състои тези предизвикателства? Върхът на планината наистина беше много превъзходно и спокойно място. От високо можеше да се види малката агломерация на къщите в Мимосо. Това е плато, изпълнено със стръмни пътеки, пълни с растителност от всички страни. Това свещено място, недокоснато от природата, наистина ли би изпълнило плановете ми? Ще ме направи ли писател при заминаването ми? Само времето можеше да отговори на тези въпроси. Откакто жената се бави, започнах да медитирам на върха на планината. Използвах следната техника: Първо, изчиствам съзнанието си (без всякакви мисли). Започвам да влизам в хармония с природата около мен, умствено обмисляйки цялото място. Оттам започвам да разбирам, че съм част от природата и че сме напълно взаимосвързани в един голям ритуал на общуване. Мълчанието Ми е мълчанието на Майката Природа; вика ми е и нейният плач; Постепенно започвам да усещам нейните желания и стремежи, и обратно. Чувствам бедстващия й зов за помощ, умоляваща живота й да бъде спасен от човешко унищожение: Обезлесяване, прекомерен добив, лов и риболов, емисията на да замърсявам газове в атмосферата и други човешки зверства. По същия начин тя ме слуша и ме подкрепя във всичките ми планове. Ние сме напълно блокирани по време на медитацията ми. Цялата хармония и съучастието ме оставиха напълно тиха и концентрирана върху желанията ми. Докато нещо не се промени:

почувствах същото докосване, което някога ме събуди. Отворих очи, бавно и видях, че съм лице в лице със същата жена, която се наричаше пазителка на свещената планина.

"Виждам, че разбирате тайната на медитацията. Планината ви е помогнала да откриете малко от потенциала си. Ще растете по много начини. Ще ви помогна по време на този процес. Първо, моля ви да се обърнете към природата, за да намерите греди, летви, реки и линии, за да издигнете хижа, след това дърва за огрев, за да направите. Нощта вече наближава и трябва да се предпазите срещу яростните зверове. Започвайки утре, ще ви науча на мъдростта на гората, за да можете да преодолеете истинското предизвикателство: Пещерата на отчаянието. Само чистото сърце оцелява след огъня на анализа му. Искаш ли да сбъднеш мечтите си? Тогава плати цената за тях. Вселената не дава нищо безплатно на никого. Именно ние трябва да станем достойни, за да постигнем успех. Това е урок, който трябва да научиш, сине мой.

"Разбирам. Надявам се да науча всичко необходимо, за да преодолея предизвикателството на пещерата. Нямам представа какво е, но съм уверен. Ако превъзхождах планината, щях да успея и в пещерата. Когато си тръгна, мисля, че ще съм готов да спечеля и да имам успех.

"Изчакайте, не бъдете толкова уверени. Не знаеш пещерата, за която говоря. Знайте, че много воини вече са били съдени от огъня му и са били унищожени. Пещерата не показва съжаление на никого, дори на мечтателите. Имай търпение и научи всичко, на което ще те науча. По този начин ще станете истински победител. Запомнете: Самоувереността помага, но само с подходящата сума.

"Разбирам. Благодаря ви за целия съвет. Обещавам ви, че ще го последвам до края. Когато отчаянието на съмнението ме плува, ще си припомня думите ви и ще си напомням, че моят Бог винаги ще ме спасява. Когато няма бягство в тъмната нощ на душата, няма да се страхувам. Ще победя пещерата на отчаянието, пещерата, която никой не е избягал!

Жената се сбогува по един поръчка обещаващ завръщане в друг ден.

Хижата

Появява се нов ден. Птиците подсвиркват и пеят мелодиите си, вятърът е североизточен, а бризът му освежава слънцето, което изгрява ожесточено горещо по това време на годината. В момента е декември и за мен, този месец представлява един от най-красивите месеци, тъй като е началото на училищната ваканция. Тя е заслужена почивка след дълга година, посветена на проучвания в колежански курс по математика; В момента, в който можете да забравите всички интеграли, производни, и полярни координати. Сега трябва да се тревожа за всички предизвикателства, които животът ще ми хвърли. Мечтите ми зависят от това. Боли ме гърбът заради лоша нощ на сън, лежаща на пребитата земя, която приготвих като легло. Хижата, която построих с невероятни усилия и огъня, който запалих, ми даде определено количество охрана през нощта. Въпреки това, аз наистина чух виене и стъпки извън него. Къде ме доведоха мечтите ми? Отговорът е до края на света, където цивилизацията все още не е пристигнала. Какво би направил, читатели? Бихте ли рискували и пътуване, за да съднете най-дълбоките си мечти? Да продължим разказа.

Увита в мислите и въпросите ми, малко осъзнавах, че на моя страна беше странната дама, която обеща да ми помогне по пътя ми.

"Добре ли спа?

"Ако добре означава, че все още съм цял, да.

"Преди всичко трябва да ви предупредя, че земята, която стъпвате, е свещена. Затова не се подвеждайте от външен вид или от импулсивност. Днес е първото ти предизвикателство. Няма да ви донеса повече храна или вода. Ще ги намерите по сметката си. Следвайте сърцето си във всички ситуации. Трябва да докажеш, че си достоен.

"Има храна и вода в тази сметка и трябва да я събера? Вижте, мадам, свикнала съм да пазарувам в супермаркет. Виждаш ли тази колиба? Струваше ми пот и сълзи и все още, не съм убеден, че е сигурно. Защо не ми предоставиш подаръка, който ми трябва? Мисля, че се доказах като достоен в момента, в който се изкачих по онази стръмна планина.

"Лов за храна и вода. Планината е само стъпка в процеса на вашето духовно подобрение. Все още не си готов. Трябва да ви напомня, че не придавам подаръци. Нямам сила да го правя. Освен това аз съм само стрелката, която показва пътя. Пещерата е тази, която дава вашите желания. Нарича се пещерата на отчаянието, търсена от онези, чиито мечти оттогава са станали невъзможни.

"Ще опитам. Нямам какво друго да губя. Пещерата е последната ми надежда за успех.

След като казах това, ставам и започвам първото предизвикателство. Жената изчезна като дим.

Първото предизвикателство

На пръв поглед виждам, че пред мен е пребит път. Започвам да вървя по него. Вместо назначение, пълна с тръни, най-доброто би било да следвате пътеката. Камъните, които стъпалата ми пометат изглежда ми казват нещо. Може ли да бъде, че съм на правилния път? Мисля за всичко, което оставих след себе си, търсейки мечтата си: Дом, храна, чисто облекло и книгите ми по математика. Това струва ли си? Мисля, че ще разбера. (Времето ще покаже). Странната жена изглежда не ми е казала всичко. Толкова повече, че вървях, толкова по-малко намерих. Горната част не изглеждаше толкова обширна сега, когато бях пристигнал. Светлина... Виждам светлина напред. Трябва да отида там. Освен това пристигам на просторен разчистване, където слънчевите лъчи ясно отразяват външния вид на планината. Пътеката е към края си и се преражда в две отделни пътеки. С какво да се занимавам? Вървя от часове и силата ми изглежда е изчерпана. Сядам момент да си почина. Два пътя и два избора. Колко пъти в живота сме изправени пред ситуации като това; Предприемачът, който трябва да избира между оцеляването на дружеството или прекратяването на някои служители; Бедната майка на отвътре в Североизточната част на Бразилия, която трябва да избере кое от децата й да храни; Неверният съпруг, който трябва да избира между жена си и любовница си; Както и да е, има много ситуации в живота. Предимството ми е, че изборът ми ще се отрази само на мен. Трябва да следвам интуицията си, както ми препоръча жената.

Ставам и избирам пътя отдясно. Освен това правя големи ивици по този път и не ми отнема много време да зърна още един клиринг. Този път се сблъсквам с басейн с вода и някои животни около него. Охлаждат се в бистрата и прозрачна вода. Как трябва да действам? Най-накрая открих вода, но е пълна с животни. Консултирам се със сърцето си и това ми подсказва, че всеки има право на вода. Освен това, не можех просто да ги застрелям и да ги лиша от него, както добре. Природата дава изобилие от ресурси за оцеляването на своя народ. Аз съм, но един от нишките в мрежата, че тъкат. Не превъзхождам дотам, че се считам за Господар на Него. С ръцете си бръквам във водата и я изливам в малка саксия, която донесох от вкъщи. Първата част от предизвикателството е изпълнена. Сега трябва да намеря храна.

Продължавам да вървя, по следите, надявайки се да намеря нещо за ядене. Стомахът ми ръмжи, тъй като вече е минало обед. Започвам да гледам отстрани на пътеката. Може би храната е вътре в гората. Колко често търсим най-лесния път, но не този, който води до успех? (Не всеки катерач, който следва пътека, е първият, който достига върха на планината). Преките пътища бързо ви водят до целта ви. С тази мисъл оставям следата и малко след като намеря банан и кокосово дърво. Именно от тях ще си получа храната.

Трябва да ги изкача със същата сила и вяра, на които се изкачих по планината. Опитвам един, два, три пъти. Освен това успявам. Сега ще се върна в хижата, защото завърших първото предизвикателство.

Второто предизвикателство

Пристигайки в хижата си, намирам пазителя на планината, който изглежда по-брилянтен от всякога. Очите й никога не се отклоняват от собствените ми. Мисля, че съм изключителен за Бог. Винаги усещам присъствието му. Възкресява ме по всякакъв начин. Когато бях безработен, Той отвори врата; когато нямах никакви възможности да израствам професионално, Той ми даде нови пътища; когато по време на криза, Той ме освободи от връзките на Сатана. Както и да е, този поглед на одобрение от странната жена ми напомни за мъжа, на когото бях буен доскоро. Настоящата ми цел беше да спечеля, независимо от пречките, които трябваше да преодолея.

"И така, спечели първото предизвикателство. Поздравявам те. (Възкликна жената). Първото предизвикателство целяло да проучи вашата мъдрост и способността ви да вземате решения и да споделяте. Двата пътя представляват "противоположните сили", които управляват вселената (добро и зло). Човешко същество е напълно свободно да избере нито един от двата пътя. Ако човек избере пътя отдясно, човек ще бъде осветен благодарение на ангелите във всички моменти от живота си. Това беше пътят, който избра. Въпреки това, това не е лесен път. Често съмненията ще ви нападнат и ще се чудите дали този път дори си е заслужавал. Хората по света винаги ще бъдат наранени и ще се възползват от добрата ви воля. Освен това увереността, която влагате в другите, почти винаги ще ви разочарова. Когато се разстроите, не забравяйте: Вашият Бог е силен и той никога няма да ви изостави. Никога не позволявай на богатствата или похотта да извъртят сърцето ти. Вие сте специални и поради вашата ценност Бог счита вас, неговия син.

Никога не падай от тази благодат. Пътеката отляво принадлежи на всички, които се разбунтуваха по Господния призив. Всички ние се раждаме с божествена мисия. Въпреки това, някои се отклоняват от него с материализъм, лоши влияния, корупция на сърцето. Тези, които избират пътеката вляво, не завършват с приятно бъдеще, Бог ни учи. Всяко дърво, което не дава добър плод, ще бъде изкоренено и хвърлено във външната тъмнина. Това е съдбата на лошите хора, защото Господ е справедлив. Онзи път, когато намери водната дупка и онези жалки животни, сърцето ти говореше по-силно. Слушай го винаги и ще стигнеш далеч. Дарът на споделяне ви блестеше в този момент и духовното ви израстване беше изненадващо. Мъдростта, която ти помогна да намериш храна. Най-лесният път не винаги е правилният, който да следвате. Мисля, че сега сте готови за второто предизвикателство. След три дни ще излезете от хижата си и ще потърсите факт. Действай според съвестта си. Ако преминете, ще преминете към третото и последно предизвикателство.

"Благодаря ви, че ме придружихте през цялото това време. Не знам какво ме очаква в пещерата, нито знам какво ще се случи с мен. Приносът ти е критичен за мен. Откакто се изкачих в планината, чувствам, че животът ми се е променил. Аз съм по-спокоен и по-уверен в това, което искам. Ще завърша второто предизвикателство.

"Много добре. Ще се видим след три дни.

Казвайки това, дамата изчезна още веднъж. Тя ме остави сама в тишината на вечерта заедно с щурци, комари, и други насекоми.

Духът на планината

Нощта пада над планината. Аз паля огън и неговата пукнатина успокоява сърцето ми. Минаха два дни, откакто се изкачих в планината и все още ми изглежда толкова непозната. Мислите ми се скитат и кацат в детството ми: Шегите, страховете, трагедиите. Спомням си добре деня, в който се облякох като индианец: С лък, стрела. Сега, бях на свещена планина, именно заради смъртта на мистериозен коренен човек (Човекът-медицина на племето). Трябва да измисля нещо друго, защото страхът замразява душата ми. Оглушителните шумове обграждат колибата ми и нямам представа какви и кои са те. Как човек преодолява страха си по такъв повод? Отговори ми, читател, защото не знам. Планината все още ми е неизвестна.

Шумът се приближава все по-близо и няма къде да избягам. Напускането на колибата би било глупаво, защото мога да бъда погълнат от яростни зверове. Ще трябва да се изправя пред каквото и да е. Шумът престава и се появява светлина. Прави ме още по-уплашена. С прилив на смелост възкликвам:

"За Бог, кой е там?

Глас, отговаря:

"Аз съм смелият войн, който пещерата на отчаянието е унищожила. Откажи се от съня си, или ще имаш същата съдба. Бях малък, коренен човек от село в рамките на Нацията Местен. Стремях се да бъда главен вожд на племето си и да бъда по-силен от лъва. Така че, погледнах към свещената планина, за да осъществим целите си. Спечелих трите предизвикателства, които пазителят на планината ме принуди. При влизането в пещерата обаче бях погълнат от огъня й, който разби сърцето и целите ми. Днес духът ми страда и е заседнал безнадеждно към тази планина. Чуй ме, иначе ще имаш същата съдба.

Гласът ми замръзна в гърлото и за миг, не можех да отговоря на измъчвания дух. Беше оставил подслон, храна, топла семейна среда. Останаха ми две предизвикателства в пещерата, пещерата, която можеше да сбъдне невъзможното. Не бих се отказал лесно от съня си.

"Чуй ме, смел войн. Пещерата не извършва малки чудеса. Ако съм тук, то е по благородна причина. Не предвиждам материални стоки. Мечтата ми надхвърля това. Бих искал да се развивам професионално и духовно. Накратко, искам да работя, правейки това, на което се наслаждавам, да печеля пари отговорно и да допринасям с таланта си за по-добра вселена. Няма да се откажа от съня си толкова лесно.

Призракът отговорил:

"Познаваш пещерата и капаните й? Вие не сте нищо друго освен беден младеж, който не е наясно с изключителната опасност в рамките на пътеката, която следва. Настойникът е шарлатанин, който те измами. Тя иска да те съсипе."

Настояване на призрака ме подразни. Случайно познавал ли ме е? Бог, в милостта си, не би позволил моя провал. Бог и Дева Мария винаги бяха ефективно до мен. Доказателствата за това бяха различните действия на Девата през целия ми живот. В " Визия на медиум " (книга, която все още не съм публикувал) е описана сцена, където седя на пейка на плажа, птици и вятъра, който ме агитира, и съм в дълбока мисъл за света и живота като цяло. Изведнъж, се появи фигурата на жена, която, като ме видя, се запита:

"Вярваш ли в Бог, сине мой?

Своевременно отговорих:

"Със сигурност, и с цялото ми същество.

Мигновено тя сложи ръката си на главата ми и се помоли:

"Нека Богът на славата те покрие в светлина и ти даде много дарове.

Казвайки това, тя си отиде и когато го осъзнах, тя вече не беше до мен. Тя просто изчезна.

Това беше първото довеждане на Девата в живота ми. Отново, маскирайки се като просяк, тя дойде при мен с молба за някаква промяна. Каза, че е фермер и все още не е пенсионирана. С готовност й дадох монети, които имах в джоба си. При получаването на парите тя ми благодари и когато го осъзнах, тя беше изчезнала. В планината, в този момент, нямах и най-малкото съмнение, че Бог ме обича и че е на моя страна. Ето защо, аз отговорих на призрака с определена грубост.

"Няма да слушам съветите ви. Знам границите и вярата си. Махай се! Иди да преследваш къща или нещо такова. Остави ме на мира!

Светлините угаснаха и чух шума от стъпала, напускащи колибата. Бях свободен от призрака.

Решителен ден

Трите дни бяха изминали след второто предизвикателство. Беше петък сутрин, ясно, слънчево, и светло. Обмислях хоризонта тази сутрин, когато се приближи странната жена.

"Готов ли си? Потърсете необичайно събитие в гората и действайте според принципите си. Това е вторият ти тест.

"Добре, от три дни чакам този момент. Мисля, че съм подготвен.

Бързо се отправям към най-близката следа, която дава достъп до гората. Стъпките ми последваха в почти музикален. Какво беше това второ предизвикателство? Безпокойството ме обзе и стъпките ми ускориха търсенето на неизвестна цел. Точно отпред се появи разчистване в следата, където се размина и се отдели. Но когато отидох там, за моя изненада, два начина беше изчезнала и вместо това разглеждах следната сцена: момче, влачено от възрастен, плачещо на глас. Емоцията пое контрола над мен в присъствието на несправедливост и затова възкликнах:

"Пусни момчето! Той е по-малък от теб и не може да го защитава.

"Няма! Отнасям се с него по този начин, защото иска да избегне работата.

"Чудовище! Малките момчета не трябва да работят. Те трябва да учат и да бъдат добре образовани. Освободете го!

"Кой ще ме накара, ти?

Аз съм напълно против насилието, но в този момент сърцето ми ме помоли да реагирам преди това парче боклук. Детето трябва да бъде освободено.

Нежно отблъснах момчето от грубата и после започнах да бия човека. Копелето реагира и ми нанесе няколко удара. Един от тях ме удари точка-празно. Светът се завъртя и силен, проникващ вятър нахлу цялото ми същество: Бели и сини облаци заедно с бързи птици нахлуха в ума ми. След малко ми се стори, че цялото ми тяло се носи из небето. Един припадък глас ми се обади отдалеч. В друг момент сякаш минавам през врати, една след друга като препятствия. Вратите бяха добре заключени и бяха необходими значителни усилия, за да ги отворят. Всяка врата даде достъп или до салони, или до светилища, последователно. В първия салон намерих млади хора, облечени в бяло, събрани около маса, на която, в центъра, беше отворена библия. Това бяха девици, избрани да царуват в бъдещия свят. Една сила ме избута от стаята и когато отворих втората врата, се озовах в първото светилище. В края на олтара се изгаряха тамянни пръчици с молбите на бедните на Бразилия. От дясната страна свещеник се моли на глас и изведнъж започва да повтаря: Гледач! Ясновидец! Ясновидец! До него бяха две жени с бели ризи. На тях е написана: Възможна мечта. Всичко започна да потъмнява и когато се ориентирах, бях влачен бурно навън и с такава скорост, че ме остави малко замаяна. Отворих третата врата и този път намерих среща на хора: пастор, свещеник, будист, мюсюлманин, спиритуалист, евреин и представител на африканските религии. Те бяха подредени в кръг и в центъра беше огън и пламъците му очертаха името, "Съюз на народите и пътеките към Бога". Накрая те се приеха и ме извикаха в групата. Огънят се премести от центъра, приземи се на ръката ми и нарисува думата "чиракуване". Огънят беше чиста светлина и не изгоря. Групата скъса, пожарът изгасна и отново бях изтласкан от стаята, където отворих четвъртата врата. Второто светилище беше празно и се приближих до олтара. Коленичих в благоговение към Благословеното причастие, взех хартия, която беше на пода и написах молбата си. Сгънах хартията и я сложих в краката на изображението. Гласът, който беше далеч, постепенно стана по-ясен и по-остър. Напуснах светилището, отворих вратата и най-накрая се събудих. На моя страна беше пазителят на планината.

"Така че, вие сте будни. Поздравления!! Спечели предизвикателството. Второто предизвикателство целяло да проучи капацитета ви на себе си и действие. Двата пътя, които представляваха

"Противоположните сили", се превърнаха в един и това означава, че трябва да пътувате от дясната страна , без да забравяте знанието, което ще имате при срещата с лявата. Отношението ти спаси детето, въпреки че не му трябваше. Цялата тази сцена беше моя собствена умствена проекция, за да те оценя. Приел си правилния подход. Повечето хора, когато са изправени пред сцени на несправедливост, предпочитат да не се намесват. Пропускането е сериозен грях, а човекът става съучастник на нарушителя. той даде от себе си, както Бог Христос направи за нас. Това е урок, който ще вземете със вас през целия си живот.

"Благодаря ви, че ме поздравихте. Винаги бих действал в полза на тези, които са били изключени. Това, което ме озадачава, е духовното преживяване, което имах по-рано. Какво означава? Бихте ли ми обяснили, моля?

"Всички ние имаме способността да проникваме в други светове чрез мисъл. Това е, което се нарича астрално пътуване. Има някои експерти, свързани с този въпрос. Това, което видя, трябва да е свързано с бъдещето на твоя или друг човек, никога не знаеш.

"Разбирам. Изкачих се по планината, завърших първите две предизвикателства и сигурно нараствам духовно. Мисля, че скоро ще съм готов да се изправя пред пещерата на отчаянието. Пещерата, която извършва чудеса и прави сънищата по-дълбоки.

"Трябва да изпълниш третото, а аз ще ти кажа какво е утре. Изчакайте инструкции.

"Да, генерале. Аз ще чакам с нервно. Това Божие Дете, както ме нарече, е фамозно, и ще приготви супа за по-късно. Поканени сте, госпожо.

"Чудесно. Обичам супата. Ще използвам това в своя полза, за да те опозная по-добре.

Странната дама замина и ме остави сама с мислите си. Отидох да търся в гората съставките за супата.

Младото момиче

Планината вече беше потъмняла, когато супата беше готова. Студеният вятър на нощта и шумът от насекоми прави околната среда вечно повече селски. Странната дама все още не е дошла в колибата. Надявам се да имам всичко в ред, докато тя пристигне. Вкусвам супата: Наистина беше добра, въпреки че нямах всички необходими подправки. Освен това, аз стъпвам извън хижата за малко и съзерцавам небесата: Звездите са свидетели на усилията ми. Качих се в планината, намерих нейния настойник, завърших две предизвикателства (едно по-трудно от другото), срещнах призрак и все още стоя. "Бедните се стремят повече към мечтите си." Гледам подреждането на звездите и святост им. Всеки има своето значение във великата вселена, в която живеем. Хората също са важни по същия начин. Те са бели, черни, богати, бедни, на религия А или религия Б или на всяка система от вярвания. Всички те са деца с един и същ баща. Също така искам да заема мястото си в тази вселена. Аз съм мислене същество без граници. Освен това мисля, че една мечта е безценна, но съм готов да платя за нея, за да вляза в пещерата на отчаянието. Съзерцавам небесата още веднъж и после се връщам в колибата. Не бях изненадан да намеря настойник там.

"Отдавна ли сте тук? Не бях осъзнал."

"беше толкова концентриран в обмислянето на небесата, че не исках да нарушавам заклинанието на момента. В допълнение към това се чувствам като у дома си.

"Отлично. Седни на тази импровизирани пейка, която направих. Ще сервирам супата.

С още горещата супа сервирах на странната дама в лодка, която намерих в гората. Вятърът, разбиващ през нощта, гали лицето ми и прошепна думи в ухото ми. Коя беше онази странна дама, на която служих? Чудя се дали наистина е искала да ме унищожи, както духът намекна. Имах много съмнения за нея и това беше чудесна възможност да ги изчистя.

"Супата хубава ли е? Приготвих го с голямо внимание.

"Прекрасно е! Какво използвахте, за да го подготвите?

"Изработена е от камъни. Майтапя се! Купих птица от ловец и използвах някои естествени подправки от гората. Но, сменяйки темата, кой си всъщност?

"Това показва добро гостоприемство домакинът да говори първо за себе си. Минаха 4 дни, откакто пристигна тук на върха на планината и дори не съм сигурен как се казваш.

"Много добре. Но това е дълга история. Пригответе се. Казвам се Алдиван Тейшейра Торес и преподавам колеж ниво Математика. Двете ми велики страсти са литература и математика. Винаги съм бил любител на книгите и откакто бях минимален, искам да напиша един от своите. Когато бях в първата си година в гимназията, събрах някои откъси от книгите на мъдрост и пословици. Бях доволен, въпреки текстовете, които не са мои. Показах на всички, с голяма гордост. Освен това завърших гимназия, взех компютърен курс и спрях да уча известно време. След това опитах технически курс в местен колеж. Въпреки това осъзнах, че полето не е мое от знак за съдба. Бях подготвен за стаж в тази област. Въпреки това, в деня преди теста, една странна сила изискваше непрекъснато да се откажа. Толкова повече време мина, толкова повече натиск изпитвах от тази сила, докато не реших да не взема теста. Налягането утихна, а сърцето ми също се успокои. Мисля, че съдбата беше тази, която ме накара да не отида. Трябва да спазваме границите си. Направих няколко търга, бях одобрен, и в момента държа ролята на административен асистент на образованието. Преди три години получих още един знак за съдба. Имах някои проблеми и накрая имах нервен срив. Започнах тогава да пиша и за кратко време ми помогна да се подобря. Резултатът беше книгата "Визия за носител", която все още не съм публикувал. Всичко това ми показа, че успях да пиша и да имам достойна професия. Това е, което мисля: искам да работя, правейки това, което ми харесва, и искам да бъда щастлив. Толкова ли е много, за да пита бедняк?

"Разбира се, че не, Алдиван. Имаш талант, а това е рядкост на този свят. В точния момент ще успеете. Победоносни са тези, които вярват в мечтите си.

"Наистина вярвам. Затова съм тук насред нищото, където стоката на цивилизацията все още не е пристигнала. Намерих начин да изкача планината, да преодолея предизвикателствата. Всичко, което остава сега, е да вляза в пещерата и да осъществя мечтите си.

"Тук съм, за да ти помогна. Аз съм пазител на планината откакто стана свещена. Мисията ми е да помагам на всички мечтатели, търсещи пещерата на отчаянието. Някои се стремят да сбъдват материални сънища като пари, власт, социално показно отношение или други егоистични сънища. Всички са се провалили досега, а те не са били малко. Пещерата е справедлива с предоставянето си на желания.

Разговорът продължи оживено известно време. Постепенно губех интерес към него, тъй като странен глас ме извика от хижата. Всеки път, когато този глас ми се обаждаше, се чувствах принуден да изляза от любопитство. Трябваше да тръгвам. Исках да знам какво означава този странен глас в мислите ми. Нежно казах сбогом на жената и изложена в посоката, посочена от гласа. Какво ме очаква? Нека продължим заедно, читатели.

Нощта беше студена и настойчив глас остана в съзнанието ми. Имаше нещо като странна връзка между нас. Вече бях извървял няколко крачки извън хижата, но сякаш бяха километри от умората, която тялото ми изпитваше. Инструкциите, които ментално получих, ме напътстваха в тъмнината. Смес от отпадналост, страх от неизвестното и любопитство ме контролираха. Чий странен глас беше това? Какво искаше тя с мен? Планината и нейните тайни... Откакто опознах планината, се научих да я уважавам. Пазителят и нейните загадки, предизвикателствата, с които трябваше да се изправя, среща с призрака; всичко стана специално. Не беше най-високото на североизток или дори най-впечатляващо, но беше свещено. Митовете за човека от медицината и мечтите ми ме доведоха до него. Искам да спечеля всички предизвикателства, да вляза в пещерата и да отправя молбата си. Ще бъда променен човек. Освен това вече няма да съм само себе си, но ще бъда човекът, който преодоля пещерата и огъня й. Добре си спомням думите на настойника, да не се доверявам прекалено много. Спомням си думите на Бог, който каза:

" Този, който повярва в Мен, ще има вечен живот.

Включените рискове няма да ме накарат да се отпусна от мечтите си. Именно с тази мисъл съм все по-верен. Гласът става по-силен и по-силен. Мисля, че пристигам в дестинацията си. Точно отпред виждам колиба. Гласът ми казва да отида там.

Хижата и са на просторно, плоско място. Младо, висока, тънко момиче с тъмна коса е скара вид лека закуска на огъня.

"И така, пристигнахте. Знаех, че ще отговориш на обаждането ми.

"Кой си ти? Какво искаш от мен?

"Аз съм друг мечтател, който иска да влезе в пещерата.

"Какви специални сили имаш да ми викаш с ума си?

"Това е телепатия, глупчо. Не си ли запознат с това?

"Чувал съм за това. Бихте ли ме научили?

"Ще се научиш един ден, но не и от мен. Кажи ми каква мечта те води тук?

"Преди всичко се казвам Алдиван. Изкачих планината с надеждата да намеря противоположните си сили. Те ще определят съдбата ми. Когато някой може да контролира противоположните си сили, той ще може да извършва чудеса. От това се нуждая, за да осъществим мечтата си да работя в район, на който се наслаждавам, и с това ще накарам много души да мечтаят. Искам да вляза в пещерата не само за мен, но и за цялата вселена, която ми е осигурила тези дарове. Ще имам мястото си на света и така ще бъда щастлив.

"Казвам се Наджа. Аз съм обитател на крайбрежието на щата Пернамбуко. В моята земя съм чувал да се говори за тази чудотворна планина и нейната пещера. Веднага се заинтересувах да направя пътуването тук, въпреки че мислех, че всичко е просто легенда. Събрах нещата си, тръгнах, пристигнах в Мимосо и се качих в планината. Ударих джакпота. Сега, когато съм тук, ще вляза в пещерата и ще изпълнявам желанието си. Ще бъда велика Богиня, украсена със сила и богатства. Всички ще ми служат. Мечтата ти е просто глупава. Защо да поискаме малко, ако можем да имаме света?

"Вие се заблуждавате. Пещерата не извършва малки чудеса. Ще се провалиш. Настойникът няма да ви позволи да влезете. За да влезете в пещерата, трябва да спечелите три предизвикателства. Вече завладях два от етапите. Колко спечелихте?

"Колко тъпо, предизвикателства и пазители. Пещерата уважава само най-силните и уверени. Утре ще постигна желанията си и никой няма да ме спре, чуваш ли?

"Знаеш най-добре. Когато съжаляваш, ще е твърде късно? Е, предполагам, че ще тръгвам. Трябва ми малко почивка, защото е късно. Що се отнася до вас, не мога да ви пожелая успех в пещерата, защото искате да бъдете по-велики от самия Бог. Когато хората достигнат тази точка, те се унищожават.

"Глупости, всички сте думи. Нищо няма да ме накара да се върна на решението си.

Виждайки, че е категорична, че се отказах, съжалявайки я. Как хората могат да станат толкова старшина всеки толкова често? Човешкото същество е достойно само когато се бори за праведни и егалитарни идеали. Разхождайки се по пътеката, си спомних времената, в които съм бил грешен, независимо дали е било чрез лошо белязано изследване или дори от пренебрегването на другите. Прави ме нещастен. На всичкото оторе семейството ми е напълно против съня ми и не вярва в мен. Боли ме. Един ден, те ще видят причина и ще видят, че сънищата могат да бъдат възможни. В този ден ще изнеса победата си и ще прославя Създателя. Той ми даде всичко и само изискваше от мен да споделя даровете си, защото, както казва Библията, не запали лампа и я сложи под масата.

По-скоро го поставете на върха за всички, за да аплодират и да бъдат просветлени. Пътеката се чупи и веднага виждам колибата, която ми е струвала толкова много пот, за да построя. Трябва да заспя, защото утре е още един ден и имам планове за мен и за света. Лека нощ, читатели. До следващата глава...

Треморът

Започва нов ден. Появява се светлина, бризът на утрото гали косата ми, птиците, а насекомите имат празник и савана изглежда се прероди. Случва се всеки ден. Разтривам си очите, мия си лицето, мия си зъбите и се къпя. Това е рутинната ми програма преди закуска. Гората не предлага нито предимства, нито опции. Не съм свикнал с това. Майка ми ме повредени до степен да ми сервира кафето. Ям закуската си мълчаливо, но нещо ми тежи на ума. Какво ще бъде третото и окончателно предизвикателство? Какво ще стане с мен в пещерата? Има толкова много въпроси без отговори, че ме замайва. Утрото напредва и с него така правят сърцебиене, страхове и втрисане. Кой бях сега? Със сигурност, не същото. Качих се в свещена планина, търсейки съдба, за която дори не знаех. Открих настойника и открих нови ценности и свят, по-голям, отколкото някога съм си представял, че съществува преди. Освен това спечелих две предизвикателства и сега трябваше само да се изправя пред третото. Смразяващо трето предизвикателство, което беше далечно и неизвестно. Листата около хижата се движат все така леко. Научих се да разбирам природата и нейните сигнали. Някой приближава.

"Здравейте! Там ли си?

Скочих, промених посоката на погледа си и обмислях мистериозната фигура на настойника. Изглежда по-щастлива и дори розова въпреки явната си възраст.

"Тук съм, както виждате. Какви новини донесе за мен?

"Както знаете, днес идвам да обявя третото ви и последно предизвикателство. Тя ще се проведе на седмия ви ден тук, на планината, защото това е максималното време, когато един смъртен може да остане тук. Тя е проста и се състои от следното: Убийте първия мъж или звяр, които срещате при напускане на хижата си в съвсем същия ден. В противен случай няма да имате право да влезете в пещерата, която ви предоставя най-дълбоките ви желания. Какво ще кажеш? Не е ли лесно?

"Как така? Убивам?

"Това е единственият начин за теб да влезеш в пещерата. Пригответе се, защото има само два дни и...

Земетресение с магнитуд 3,7 по скалата на Рихтер разтърсва целия връх на планината. Треморът ме оставя замаян и мисля, че ще припадна. Все повече мисли ми идват на ум. Чувствам силата си изчерпваща и чувствам белезници, които насилствено подсигуряват ръцете и краката ми. Бързо, виждам себе си като роб, работещ в области, доминирани от майстори. Виждам оковите, кръвта и чувам виковете на спътниците си. Виждам богатството, гордостта и хитър на великите господари на земята. Освен това виждам и вика на свобода и справедливост за потиснатите. О, как светът е несправедлив! Докато някои печелят, други са оставени да гният, забравени. Белезниците се чупят. Аз съм частично свободен. Все още съм дискриминиран, мразен и грешен. Освен това все още виждам злото на белите мъже, които ме наричат "негър". Все още се чувствам по-нисш. Отново чувам виковете на плача, но сега гласът е ясен, остър и известен. Треморът изчезва и малко по малко се въставам в съзнание. Някой ме повдига. Все още малко ухажва, аз възкликвам:

"Какво стана?

Пазителят, в сълзи, изглежда не може да намери отговор.

"Сине мой, пещерата току-що унищожи друга душа. Моля, спечелете третото предизвикателство и победете това проклятие. Вселената заговорничи за победата ти.

"Не знам как да спечеля. Само светлината на създателя може да освети мислите и действията ми. Гарантирам, че няма лесно да се откажа от мечтите си.

"Вярвам на вас и на образованието, което сте получили. Успех, Дете Божие! До скоро виждане!

Като каза това, странната дама замина и беше разтворена в масло дим. Сега бях сам и имах нужда да се подготвя за окончателното предизвикателство.

Един ден преди последното предизвикателство

Минаха шест дни откакто се качих в планината. Цялото това време на предизвикателства и преживявания ме накара да порасна много. Мога по-лесно да разбера природата, себе си и другите. Природата марширува към своя ритъм и се противопоставя на претендентите на човешките същества. Обезлесяваме горите, замърсяваме водите и изпускаме газове в атмосферата. Какво ще извадим от него? Какво наистина има значение за нас, парите или оцеляването ни? Последствията са налице: Глобално затопляне, намаляване на флората и фауната, природни бедствия. Човек не вижда ли, че всичко това е по негова вина? Все още има време. Има време за живот. Направете своята част: Пестете вода и енергия, рециклирайте отпадъци, не замърсявайте околната среда. Изискайте вашето правителство да се ангажира с екологични въпроси. Това е най-малкото, което можем да направим за себе си и за света. Връщайки се към приключението си, след като се качих в планината, по-добре разбрах желанията и границите си. Разбрах, че сънищата стават възможни само ако са благородни и праведни. Пещерата е справедлива и ако спечеля третото предизвикателство, това ще сбъдне мечтата ми. Когато спечелих първото и второто предизвикателства, дойдох да разбера по-добре желанията на другите. Повечето хора мечтаят да имат богатства, социален престиж и високи нива на командване. Те вече не виждат най-доброто в живота: Професионален успех, любов и щастие. Това, което прави човешкото същество изключително, са качествата му, които блестят чрез работата му. Силата, богатството и социалното показно не правят никого щастлив. Това търся в свещената планина: Щастие и тотално коса на "противоположните сили". Трябва да изляза за малко. Стъпка по стъпка краката ми ме водят пред хижата, която построих. Надявам се на знак на съдба.

Слънцето загрява, вятърът става по-силен и не се появява знак. Как ще спечеля третото предизвикателство? Как ще живея с провала, ако не съм в състояние да осъществя мечтата си? Опитвам се да преместя негативните мисли от ума си, но страхът е по-силен. Кой бях преди да се изкатерим по планината? Млад мъж, напълно несигурен, страхуващ се да се изправи срещу света и неговите хора. Млад мъж, който един ден се би в съда за правата си, но те не бяха предоставени. Бъдещето ми показа, че това беше най-добре. От време на време печелим, като губим. Животът ме научи на това. Едни птици драскат около мен. Изглежда разбират загрижеността ми. Утре ще бъде нов ден, седмият на върха на планината. Съдбата ми рискува с това трето предизвикателство. Молете се, читатели, да мога да спечеля.

Третото предизвикателство

Появява се нов ден. Температурата е приятна, а небето е синьо в цялата си необятност. Мързеливо, ставам, търкайки сънливите си очи. Големият ден пристигна и аз съм подготвен за него. Преди каквото и да е, трябва да си приготвя закуската. Със съставките, които успях да намеря предния ден, няма да е толкова оскъдно. Приготвям тигана и започвам да напуквам отвори апетитните пилешки яйца. Мазнините пръски и почти удари окото ми. Колко пъти в живота, другите изглежда ни нараняват с тревогите си? Ям си закуската, почивам малко и подготвям стратегията си. Третото предизвикателство изглежда е всичко друго, но не и лесно.

Убиването за мен е немислимо. Е, дори и така, ще трябва да се изправя срещу него. С тази резолюция започвам да ходя и скоро излизам от колибата. Третото предизвикателство започва тук и аз се подготвям за него. Поемам първата следа и започвам да ходя. Дърветата край пътя на пътеката са широки с дълбоки корени. Какво всъщност търся? Успех, победа и постижение. Въпреки това, няма да направя нищо, което противоречи на моите принципи. Репутацията ми върви пред славата, успеха и властта. Третото предизвикателство ме притеснява. Убиването за мен е престъпление, дори да е само животно. От друга страна, искам да вляза в пещерата и да отправя молбата си. Това представлява две "противоположни сили" или "противоположни пътища".

Оставам на пътеката и се моля да не намеря нищо. Кой знае, може би третото предизвикателство би било отхвърлено. Не мисля, че настойникът би бил толкова щедър. Правилата трябва да се спазват от всички. Спирам малко и не мога да повярвам на сцената, която виждам: котка и трите му малки, размътвайки се около мен. Така. Няма да срина майката на три малки. Нямам сърцето. Сбогом успех, сбогом пещера на отчаянието. Достатъчно сънища. Не завърших третото предизвикателство и си тръгвам. Ще се върна у нас и при близките си. Бързо се връщам в хижата, за да си опаковам багажа. Не завършвам третото предизвикателство.

Кабината е съборена. Какво е значението на всичко това? Ръка докосва рамото ми леко. Поглеждам назад и виждам пазителя.

"Моите поздравления, скъпи! Изпълнихте предизвикателството и сега имате право да влезете в пещерата на отчаянието. Спечели!

Силната прегръдка, която ми е дала след това ме остави още по-объркана. Какво казваше тази жена? Сънят ми и пещерата може да се намерят все пак? Не повярвах.

"Как така? Не завърших третото предизвикателство. Вижте ръцете ми: Те са чисти. Няма да оцветя името си с кръв.

"Не знаеш ли? Смятате ли, че божие дете би било способно на такова зверство като това, което попитах? Не се съмнявам, че сте достатъчно достойни, за да реализирате мечтите си, въпреки че може да отнеме известно време, за да станат реалност. Третото предизвикателство щателно оцени вас и вие демонстрирахте безусловна любов към Божиите създания. Това е най-важното нещо за човешко същество. Още нещо: Само чисто сърце ще оцелее в пещерата. Пази сърцето и мислите си чисти, за да го преодолееш.

"Благодаря ти, Боже! Благодаря ти, живот, за този шанс. Обещавам да не те разочаровам.

Емоцията се хвана за мен, както никога преди да се изкача по планината. Пещерата способна ли беше да извърши чудеса? Тъкмо щях да разбера.

Пещерата на отчаянието

След спечелването на третото предизвикателство бях готов да вляза в страшната пещера на отчаянието, пещерата, която реализира невъзможни мечти. Бях поредният мечтател, който щеше да опита късмета им. Откакто се качих в планината, вече не бях същата. Сега бях уверен в себе си и в прекрасната вселена, която ме държеше. Предишната прегръдка, която ми даде странната жена, също ме остави по-спокойна. Сега тя беше там до мен, подкрепяйки ме по всякакъв начин. Това беше подкрепата, която никога не получих от близките си. Неразделните ми куфари са под ръката ми. Беше време да се сбогувам с онази планина и нейните загадки. Предизвикателствата, пазителят, призракът, младото момиче и самата планина, които изглеждаха живи, всички те ми помогнаха да израсна. Бях готов да си тръгна и да се изправя срещу страшната пещера. Настойникът е до мен и ще ме придружи на това пътуване до входа на пещерата. Тръгваме, защото слънцето вече се спуска към хоризонта. Плановете ни са в пълна хармония. Растителност около пътеката, която сме пътували, а шумът на животните прави околната среда много селска. Мълчанието на пазителя по време на целия курс изглежда предсказва опасностите, които пещерата огражда.

Спираме малко. Гласовете на планината изглежда искат да ми кажат нещо. Възползвам се от възможността да наруша тишината.

"Може ли да попитам нещо? Какви са тези гласове, които ме измъчват толкова много?

"Чуваш гласове. Интересен. Свещената планина има магическата способност да събере всички мечтателни сърца. Можете да усетите тези магически вибрации и да ги интерпретирате. Въпреки това, не обръщайте много внимание на тях, защото те могат да ви доведат до провал. Опитайте се да се концентрирате върху собствените си мисли и тяхната дейност ще бъде по-малко. Внимавай. Пещерата може да открие слабостите ви и да ги използва срещу вас.

"Обещавам да се грижа за себе си. Не знам какво ме очаква в пещерата, но имам вяра, че светещите духове ще ми помогнат. Съдбата ми е заложена на карта и до известна степен тази на останалия свят също.

"Добре, отпочинахме достатъчно. Да продължим да ходим, защото няма да мине много време до залез слънце. Пещерата трябва да е на около четвърт миля оттук.

Грохотът на стъпките се възобновява. Четвърт миля отдели мечтата ми от реализацията й. Намираме се на западната страна на върха на планината, където ветровете са все по-силни. Планината и нейните загадки... Мисля, че никога няма да го разбера напълно. Какво ме мотивира да го изкача? Обещанието за невъзможното да стане възможно и авантюристът ми и разузнавателни инстинкти. Това, което беше възможно, и ежедневна рутина ме убиваше. Сега се чувствах жив и готов да преодолея предизвикателствата. Пещерата наближава. Вече виждам входа му. Изглежда внушителен, но не съм обезкуражен. Набор от мисли нахлуват в цялото ми същество. Трябва да си контролирам нервите. Може да ме предадат навреме. Пазителят сигнализира да спре. Подчинявам се.

"Това е най-близкото, до което мога да стигна до пещерата. Чуйте добре какво ще кажа, защото няма да го повторя: Преди да влезете, молете се един Отче Наш за вашия ангел пазител. Тя ще ви предпази от опасностите. Когато влезете, процедирайте с повишено внимание, за да не попаднете в капани. След като пътувате по главната пешеходна пътека на пещерата, определено време, ще срещнете три варианта: Щастие, провал и страх. Изберете щастие. Ако изберете провал, ще останете беден луд, който преди мечтаеше. Ако изберете да се страхувате, че ще загубите себе си напълно. Щастието дава достъп до още два сценария, които са ми непознати. Запомнете: Само чистото сърце може да оцелее в пещерата. Бъди мъдър и изпълни мечтата си.

"Разбирам. Моментът, който чакам откакто се качих в планината, пристигна. Благодаря ти, пазителке, за цялото ти търпение и ревност с мен. Никога няма да забравя вас или моментите, които сме прекарали заедно.

мъка се прихвана за сърцето ми, докато й се сбогувах. Сега бях само аз и пещерата, дуел, който щеше да промени историята на света и моята собствена. Поглеждам право към него и получавам фенерчето си от куфара си, за да осветя пътя. Готов съм да вляза. Краката ми изглеждат замразени преди този гигант. Трябва да събера сили, за да продължа пътя. Аз съм бразилец и никога, никога не се отказвам. Освен това правя първите си стъпки и имам лекото усещане, че някой ме придружава. Освен това мисля, че съм изключителен за Бог. Отнася се с мен все едно съм му син. Стъпките ми започват да се ускоряват и накрая, влизам в пещерата. Първоначалното очарование е съкрушително, но трябва да съм предпазлив заради капаните. Влажността на въздуха е висока и студената интензивна. Сталактитите и сталагмитите пълнят практически навсякъде около мен. Минал съм около петдесет ярда и студените тръпки започват да ми дават гъски по цялото ми тяло. Всичко, през което съм преминал преди да се изкача по планината, започва да ми идва в ума: Униженията, несправедливостта и завистта на другите. Изглежда, че всеки един от враговете ми е в рамките на онази пещера, чакайки най-доброто време да ме нападне. С грандиозен скок преодолявам първия капан. Огънят на пещерата почти ме погълна. Наджа нямаше такъв късмет. Придържайки се към сталактит от тавана, който по чудо издържа теглото ми, успях да оцелея. Трябва да сляза и да продължа пътуването си към неизвестното. Стъпките ми се ускоряват, но с повишено внимание. Повечето хора бързат, бързат да спечелят, или да завършат цели. Фантастичната ловкост току-що ме спаси от втори капан. Към мен бяха тежки безброй копия. Един от тях се приближи, колкото да почеше лицето ми. Пещерата иска да ме унищожи. Сигурно съм по-внимателна отсега нататък. Измина приблизително един час, откакто влязох в пещерата, и все пак, не съм стигнал до точката, на която говори настойникът. Трябва да съм близо. Стъпките ми продължават, ускоряват се и сърцето ми дава предупредителен знак. От време на време не обръщаме внимание на знаците, които тялото ни дава. Това е, когато се случи провал и разочарование. За щастие, това не е така за мен. Чувам много силен шум да идва в моята посока. Започвам да бягам. След няколко мига осъзнавам, че ме преследва гигантски камък, който се спъва с голяма скорост. Бягам за малко и с внезапно движение мога да се измъкна от скалата, намирайки подслон отстрани на пещерата. Когато камъкът премине, предната част на пещерата е затворена и след това точно пред три врати се появяват. Те представляват щастие, провал и страх. Ако избера провал, никога няма да бъда нищо друго, освен беден луд, който е един дневен подправен да стане писател. Хората ще ми се с съжаление. Ако избера да се страхувам, никога няма да порасна, нито да бъда познат от света. Мога да ударя дъното и да загубя себе си завинаги. Ако избера щастието, ще продължа с мечтата си и ще премина във втория сценарий.

Има три варианта: Врата надясно, наляво и една в средата. Всеки един от тях представлява една от възможностите: Щастие, провал или страх. Трябва да направя правилния избор. Научих се с времето, за да преодолея страховете си: Страх от тъмното, страх да не бъда сам и страх от неизвестното. Освен това не ме е страх от успеха или бъдещето. Страхът трябва да представлява вратата отдясно. Провалът е резултат от лошото планиране. Провалих се няколко пъти, но това не ме накара да се откажа от целите си. Провалът трябва да служи като урок за по-късна победа. Повредата трябва да представлява вратата вляво. Накрая, средната врата трябва да представлява щастие, защото праведните се обръщат нито към дясно, нито наляво. Правосъдие винаги е щастлива. Събирам сили и избирам вратата по средата. При отварянето му имам достатъчно достъп до салон и на покрива е написано името Щастие. В центъра е ключ, който дава достъп до друга врата. Наистина бях прав. Изпълних първата стъпка. Това ми оставя още две. Получавам ключа и го пробвам във вратата. Пасва идеално. Отварям вратата. Дава ми достъп до нова галерия. Започвам да слизам по него. Множество мисли заливат ума ми: Какви ще бъдат новите капани, с които трябва да се изправя? До какъв сценарий ще ме отведе тази галерия? Има много въпроси без отговор. Продължавам да ходя, а дишането ми става обтегнато, защото въздухът е все по-оскъден. Вече изминах около десета миля и трябва да остана внимателен. Освен това чувам шум и падам на земята, за да се защитя. Това е шумът на малките прилепи, които стрелят около мен. Ще ми смучат ли кръвта? Месоядни ли са? За мое щастие изчезват в необятността на галерията. Виждам лице и тялото ми трепери, Призрак ли е? Не. Това е плът и кръв, и идва към мен, готов да се бие. Той е един от свещениците нинджи на пещерата. Боят започва. Той е много бърз и се опитва да ме удари на изключително важно място. Опитвам се да избягам от атаките му. Отвръщам на удара с някои движения, които научих да гледам филми. Стратегията работи. Плаши го и малко се движи назад. Отвръща на удара с бойните си изкуства, но аз съм подготвен за това. Ударих го по главата с камък, който взех в пещерата. Изпадне в безсъзнание. Напълно съм противно на насилието, но в този случай беше строго необходимо. Бих искал да отида на втория сценарий и да открия тайните на пещерата. Освен това започвам да ходя отново и оставам внимателен и се защитавам срещу всякакви нови капани. С ниска влажност духа вятър, а аз ставам по-удобен. Усещам теченията на положителни мисли, изпратени от Пазителя. Пещерата потъмнява още повече, преобразявайки се. Виртуален лабиринт се показва право напред. Още една от капаните на пещерата. Входът на лабиринта е перфектно видим. Но къде е изхода? Как да вляза и да не се загубя? Имам само една възможност: Пресечете лабиринта и поемете риска. Изграждам смелостта си и започвам да правя първите стъпки към входа на лабиринта. Моли се, читателя, да намеря изхода. Нямам наум стратегия. Мисля, че трябва да използвам знанията си, за да ме измъкна от тази каша. Със смелост и вяра се ровя в лабиринта. Изглежда по-объркващо отвътре, отколкото навън. Стените му са широки и се обръщат. Започвам да си спомням моментите в живота, в които се оказах изгубен, сякаш в лабиринт. Смъртта на баща ми, толкова млада, беше истински удар в живота ми. Времето, което прекарах безработен и без да уча, също ме караше да се чувствам изгубен, сякаш в лабиринт. Сега бях в същата ситуация. Продължавам да вървя и изглежда няма край на лабиринта. Чувствал ли си се отчаян? Така се чувствах, напълно отчаяна. Ето защо, той има името пещерата на отчаянието. Събирам последната си частица сила и ставам. Трябва да намеря изхода на всяка цена. Една последна идея ме удря; Поглеждам нагоре към тавана и виждам много прилепи. Ще последвам един от тях. Ще го нарека "магьосник". Магьосник би могъл да завладее лабиринт. Това ми трябва. Прилепът лети с голяма скорост и трябва да съм в крак с това. Добре е, че съм физически годни, почти атлета. Виждам светлината в края на тунела, или още по-добре, в края на лабиринта. Спасен съм.

Краят на лабиринта ме доведе до странна сцена в галерията на пещерата. Стая от огледала. Разхождам се внимателно от страх да не счупя нещо. Виждам отражението си в огледалото. Кой съм сега? Беден млад мечтател на път да открие съдбата си. Изглеждам особено притеснен. Какво означава всичко това? Стените, тавана, пода, всичко е съставено от стъкло. Докосвам повърхността на огледало. Материалът е толкова крехък, но вярно отразява аспекта на самия. Мигновено се появява обособен образ в три от огледалата, дете, млад човек, държащ ковчег, и старец. Всички те са аз. Видение ли е? Наистина, наистина имам подобни на деца аспекти като чистота, невинност и вяра в хората. Съмнявам се, че искам да се отърва от тези качества. Младежът на петнадесет представлява болезнена фаза в живота ми: Загубата на баща ми. Въпреки твърдите и всички начини, той ми беше баща. Все още го помня с носталгия. Възрастният мъж представлява бъдещето ми. Как ще бъде? Ще бъда ли успешен? Женен, ерген или дори овдовяла? Чувствам, че ще е по-добре да не си револвиращия или наранявяш стареца. Стига с тези образи. Подаръкът ми е сега. Аз съм млад мъж на двадесет и шест, с диплома по математика, писател. Вече не съм дете, нито петнадесетгодишният, който загуби баща си. Освен това, аз също не съм старец. Пред мен е бъдещето ми и искам да съм щастлив. Аз не съм нито една от тези три изображения. Освен това, аз съм себе си. С удар трите огледала, в които се появиха индивидите, се чупят и се появява врата. Това е влизането ми в третия и последния сценарий.

Отварям вратата, която дава достъп до нова галерия. Какво ме очаква в третия сценарий? Заедно, нека продължим, читатели. Започвам да ходя и сърцето ми се ускорява, сякаш все още съм в първата сцена. Преодолях много предизвикателства и клопки и вече се считам за победител. В съзнанието си търся спомените от миналото, когато играех в малки пещери. Ситуацията сега е съвсем различна. Пещерата е огромна и пълна с капани. Фенерчето ми е почти мъртво. Продължавам да ходя и право напред излиза нов капан: Две врати. "Противниковите сили" викат вътре в мен. Необходимо е да се направи нов избор. Едно от предизвикателствата ми идва на ум и си спомням как имах смелостта да го преодолея. Избрах пътя отдясно. Ситуацията е различна все пак, защото съм вътре в тъмна, влажна пещера. Направих своя избор, но също така започвам да помня думите на настойника, който говореше за ученето. Трябва да опозная двете сили, за да има пълен контрол над тях. Освен това избирам вратата вляво. Отварям го бавно; страх от това, което може би крие. Докато го отварям, съзерцавам видение: намирам се вътре в светилище, изпълнено с образи на светци с бокала на олтара. Възможно ли е да е Светият Граал, изгубената носна кърпа на Христос, който дава вечни младежи на онези, които пият от него? Краката ми треперят. Импулсивно Тичам към челото и започвам да пия от него. Виното има небесен вкус, на Боговете. Чувствам се замаян, светът се върти, ангелите пеят и основанията на пещерата тръпки. Имам първото си видение: виждам евреин на име Бог, заедно със своите апостоли, изцеление, освобождаване и преподаване на нови перспективи на своя народ. Освен това виждам цялата траектория на чудесата и любовта му. Виждам и предателството на Юда и Дявола да действат зад гърба му. Накрая виждам възкресението и славата му. Чувам глас, който ми казва: Направете заявката си. Ехо от радост, възкликвам, че искам да стана Гледачът!

Чудото

Скоро след молбата ми светилището трепери, изпълва се с дим и чувам променени гласове. Това, което разкриват, е напълно тайно. Малък огън се издига от глава и се приземява в ръката ми. Светлината му прониква и осветява цялата пещера. Стените на пещерата се трансформират и отстъпят път на малка врата, която се появява. Отваря се и силен вятър започва да ме притиска към него. Всичките ми усилия ми идват на ум: Отдаденост на изучаването, начина, по който перфектно следвах Божиите закони, изкачването на планината, предизвикателствата и дори самото това преминаване в пещерата. Всичко това ми донесе изумителен духовен растеж. Сега бях подготвен да бъда щастлив и да изпълнявам мечтите си. Много страшната пещера на отчаянието ме беше принудила да отправя молбата си. Наистина си спомням също и в този възвишен момент всички онези, които са допринесли за победата ми пряко или косвено: Моят учител в началното училище, г-жа Сляп, която ме научи да чета и пиша, учителите ми на живота, моето училище и работни приятели, моето семейство и настойникът, който ми помогна да преодолея предизвикателствата и тази много пещера. Силният вятър продължава да ме притиска към вратата и скоро ще бъда вътре в тайната камера.

Силата, която ме бутна, най-накрая престава. Вратата се затваря. Намирам се в гигантска камера, която е висока и тъмна. От дясната страна има маска, свещ и Библия. Отляво има наметало, билет, и разпятието. В центъра, нагоре високо, е интересен изглеждащ кръгъл апарат, изработен от желязо. Вървя към дясната страна: слагам маската, хващам свещта и отварям Библията на произволна страница. Вървя към лявата страна: слагам наметалото, пиша името си, и псевдоним на билета и подсигурявам разпятието с другата ръка. Освен това вървя към центъра и се позиционирам точно под апарата. Произнасям четирите магически букви: S-e-e-r. Веднага от устройството се излъчва кръг светлина и ме обгръща напълно. Подушвам тамянът, който се изгаря всеки ден, спомняйки си великите мечтатели: Мартин Лутър Кинг, Нелсън Мандела, Майка Тереза, Франсис от Асизи и Бог Христос. Тялото ми вибрира и започва да се носи. Сетивата ми започват да се пробуждат и с тях мога да разпознавам чувствата и намеренията по-дълбоко. Даровете ми са укрепени и с тях, мога да извършвам чудеса във времето и пространството. Кръгът се затваря все повече и всяко чувство на вина, нетърпимост и страх се изтрива от ума ми. Почти съм готов: Започва да се появява последователност от видения и да ме обърква. Накрая кръгът угасва. Мигновено се отваря последователност от врати и с новите ми дарове мога да виждам, чувствам и чувам перфектно. Виковете на героите, желаещи да се проявят, започват да се появяват обособени времена и места и значителни въпроси започват да корозират сърцето ми. Предизвикателството да станеш ясновидка стартира.

Излизане от пещерата

С всичко осъществено, всичко, което остана сега, беше аз да напусна пещерата и да направя истинското си пътуване. Мечтата ми беше предоставена и сега просто трябваше да бъда сложена на работа. Започвам да ходя и с малко време, оставям зад тайната камера. Чувствам, че никое друго човешко същество никога няма да има удоволствието да влезе в него. Пещерата на отчаянието никога повече няма да бъде същата, след като напусна победоносна, уверена и щастлива. Връщам се към третия сценарий: Образите на светиите остават непокътнати и изглежда са доволни от победата ми. Чашата е паднала над и е суха. Виното беше вкусно. Работя спокойно около третия сценарий и усещам атмосферата на мястото. Наистина е свещено като пещерата и планината. Викам от радост и произведеното ехо се простира през пещерата. Светът вече няма да е същият след Гледачът. Спирам, мисля и съзерцавам себе си по всякакъв начин. С последна прощална целувка оставям третия сценарий и се връщам на същата врата вляво, която избрах. Пътят на Гледача няма да бъде лесен, защото ще бъде предизвикателство да контролира напълно противоположните сили на сърцето и след това да се налага да преподава това на другите. Пътят вляво, който беше моят вариант, представлява знание и непрекъснато учене, независимо дали със скрити сили, покаяние или самата смърт. Разходката става изчерпателна, тъй като пещерата е обширна, тъмна, и много влажна. Предизвикателството на Гледачът може да е по-голямо, отколкото осъзнавам: Предизвикателството да съвмести сърцата, живота и чувствата. Това не е всичко: все още не съм се погрижил за пътя си. Галерията става тясна, а с нея и моите мисли също. Чувствата ми на много вкусен се надигат, както и носталгия към математиката и собствения ми личен живот. Накрая идва носталгията на мен. Ускорих стъпките си и скоро съм във втория сценарий. Счупените огледала сега представляват частите на ума ми, които бяха запазени и разширени: добрите чувства, добродетелите, даровете и капацитета да разпознавам, когато съм сгрешил.

Сценарият на огледалата отразява душата ми. Това самопознание, което ще взема със себе си през целия си живот. Все още съхранени в паметта ми са фигурите на детето, младото петнадесетгодишно дете и възрастният мъж. Те са три от многото ми лица, които запазвам, защото са моята история. Оставям втория сценарий и с него оставям спомените си. Аз съм в галерията, която води до първия сценарий. Очакванията ми за бъдещето и надеждата ми се подновяват. Аз съм Гледачът, еволюирало и специално същество, предопределено да накара много души да мечтаят. Периодът след пещерата ще служи като обучение и подобряване на вече съществуващи умения. Отивам малко по-далеч и зървам лабиринта. Това предизвикателство почти ме унищожи. Спасението ми беше Магьосник, бухалката, която ми помогна да намеря изхода. Сега вече нямам нужда от него, защото с ясновидците си сили лесно мога да мина покрай него. Имам дарбата на напътствие в пет самолета. Колко често се чувстваме така, сякаш сме изгубени в лабиринт: Когато губим работа; Когато сме разочаровани от голямата любов на живота си; Когато не се подканим на авторитета на началниците си; Когато губим надежда и способността да мечтаем; Когато спрем да бъдем чираци на живота и когато изгубим способността си да насочваме съдбата си? Помнете: Вселената предразполага човека, но именно ние трябва да отидем за него и да докажем, че сме достойни. Това направих. Качих се в планината, изпълних три предизвикателства, влязох в пещерата, победих капаните й и стигнах до целта си. Минавам през лабиринта и това не ме прави толкова щастлив, откакто вече спечелих предизвикателството. Освен това възнамерявам да потърся нови хоризонти. По същия начин, Освен това, извървях около две мили между тайната камера, втория и третия сценарии и с тази реализация се чувствам малко уморена. Чувствам, че потта се подмами; Също така усещам налягането на въздуха и ниска влажност. Приближавам нинджа, великия си противник. Все още изглежда нокаутиран. Съжалявам, че се държах така с теб, но мечтата ми, надеждата ми и съдбата ми бяха заложени.

Човек трябва да взема важни решения във важни ситуации. Страхът, срамът и моралът само пречат, вместо да помагат. Галя лицето му и се опитвам да възстановя живота в тялото му. Действам по този начин, защото вече не сме противници, а спътници на този епизод. Той вдига и с дълбок лък ме поздравява. Всичко беше оставено след себе си: Борбата, нашите "противоположни сили", различните ни езици и нашите обособени цели. Живеем в ситуация, различна от предишната. Можем да говорим, да се разберем един друг и кой знае, може би дори да сме приятели. Така следната поговорка: Направете от врага си пламена и верен приятел. Накрая ме прегръща, сбогува се и ми пожелава късмет. Реципрочна съм. Той ще продължи да формира част от мистерията на пещерата и аз ще формирам част от мистерията на живота и на света. Ние сме "противоположни сили", които са се намерили. Това е моята цел в тази книга: да съберем "противоположните сили". Продължавам да ходя в галерията, която дава достъп до първия сценарий. Чувствам се уверен и напълно спокоен, за разлика от това, когато влязох за първи път в пещерата. Страхът, тъмнината и непредвидените всички ме изплашиха. Трите врати, които те имаха предвид щастие, страх и провал, ми помогнаха да еволюирам и да разбера усещането за нещата. Провалът представлява всичко, от което бягаме, без да знаем защо. Провалът винаги трябва да е момент на учене. Това е точката, в която човешкото същество открива, че не е съвършено, че пътеката все още не е нарисувана и това е моментът на реконструкция. Това трябва винаги да правим: Да се преродим. Вземете например дървета: Те губят листата си, но не и живота си. Нека бъдем така, както са Ходещи метаморфози. Животът изисква това. Страхът присъства винаги, когато се чувстваме застрашени или потиснати. Той е отправна точка за нови неуспехи. Преодолявайте страховете си и открийте, че съществуват само във вашето въображение. Покрих добра част от галерията на пещерата и точно в този момент минавам през вратата на щастието. Всеки може да мине през тази врата и да се убеди, че щастието съществува и може да бъде постигнато, ако сме напълно съгласни с вселената. Тя е сравнително проста. Работникът, зидарят, портиерът е щастлив да изпълни мисиите си; Земеделският производител, сеялката на захарна тръстика, каубоят е всички щастливи да съберат продукта на труда си; учителя в преподаването и ученето; писателя в писмен вид и четене; свещеникът, провъзгласят божественото послание, и нуждаещите се деца, сираци и просяци са щастливи в получаването на слова на привързаност и грижа. Щастието е в нас и очаква непрекъснато да бъде открито. Да бъдем истински щастливи трябва да забравим омразата, клюка, провалите, страха и срама. Продължавам да вървя и виждам всички капани, които успях и се чудя от какво са направени хората, ако нямат вярвания, пътеки или съдби. Никой от тях не би оцелял след капаните, защото нямат предпазна мрежа, светлина или сила, която ги подкрепя. Човекът е нищо, ако е сам. Той прави нещо от себе си само когато е свързан със силите на човечеството. Той може да направи своето място само ако е в пълна хармония с вселената. Така се чувствам сега: В пълна хармония, защото се качих в планината, спечелих трите предизвикателства и победих пещерата, пещерата, която сбъдна мечтата ми. Разходката ми наближава своя край, защото виждам светлина, идваща от входа на пещерата. Скоро ще бъда извън него.

Събирането с Пазителя

Аз съм извън пещерата. Небето е синьо, слънцето е силно, а вятърът е северозападно. Започвам да съзерцавам целия външен свят и да разбирам точно колко красива и обширна всъщност е вселената. Чувствам се като важна част от нея, защото се качих в планината, изпълних трите предизвикателства, бях изпитан от пещерата, и спечелих. Освен това, аз също се чувствам преобразен по всякакъв начин, защото днес вече не съм просто мечтател, а мечтател, благословен с дарове. Пещерата наистина е извършила чудо. Чудесата се случват всеки ден, но ние не го осъзнаваме. Братски жест, дъждът, който възкресява живота, милостинята, увереността, раждането, истинската любов, комплимент, неочакваната, вяра движеща се планини, късмет и съдба; всичко представлява чудото, което е животът. Животът е щедър.

Продължавам да съзерцавам допълнително, напълно в пристигане. Аз съм свързан с вселената и тя с мен. Ние сме едно с еднакви цели, надежди и вярвания. Толкова съм концентриран, че малко забелязвам, когато мъничка ръка докосне тялото ми. Оставам в особения си и уникален духовен спомени, докато лек дисбаланс, причинен от някой, не ме събори от оста ми. Освен това се обръщам към разпита и виждам момче и пазителя. Мисля, че са на моя страна от доста време и не го осъзнавах.

"И така, оцеляхте в пещерата. Поздравления!! Надявах се, че ще го направиш. Сред всички воини, които вече се опитаха да влязат в пещерата и да реализират мечтите си, вие бяхте най-способни. Въпреки това, трябва да знаете, че пещерата е само една стъпка сред мнозина, с която ще се изправите в живота. Знанието е това, което ще ви даде истинска сила и това е нещо, което никой няма да може да ви вземе. Предизвикателството стартира. Тук съм, за да ти помогна. Вижте тук, доведох ви това дете, за да ви придружа в истинското ви пътуване. Той ще бъде от голяма помощ. Вашата мисия е да съберете отново "противоположните сили" и да ги накарате да дават плод в друго време. Някой се нуждае от помощта ти и затова аз ще те изпратя.

"Благодаря. Пещерата наистина сбъдна мечтата ми. Сега аз съм Гледачът и съм готов за нови предизвикателства. Какво е това истинско пътуване? Кой е този човек, който се нуждае от помощта ми? Какво ще стане с мен?

"Въпроси, въпроси, скъпа моя. Ще оттоворя на един от тях. С новите си сили ще направите пътуване назад във времето, за да изкривите несправедливостта и да помогнете на някой да се окаже. Останалото ще откриете за себе си. Имаш точно тридесет дни да изпълниш тази мисия. Не си губи времето.

"Разбирам. Кога мога да отида?
"Днес. Времето належа.
Това каза, настойникът ми подаде детето и се сбогува по един начин. Какво ме очаква на това пътуване? Може ли да е, че Гледачът наистина може да поправи несправедливостта? Мисля, че всичките ми сили ще са необходими, за да се справя добре на това пътуване.

Сбогуване с планината

Планината диша въздух на спокойствие и мир. Откакто дойдох тук, се научих да го уважавам. Мисля, че това също ми помогна да я мащабирам, да преодолея предизвикателствата и да вляза в пещерата. Наистина беше уплашено. Стана толкова поради смъртта на мистериозен шаман, който сключи странен пакт със силите на вселената. Той обеща да даде живота си в замяна на възстановяването на мира в племето си. В продължение на векове Местен доминира в региона. По това време племената им воюват поради уловката на магьосник от северното племе. Жадуваше за власт и пълен контрол над племената. Плановете им включваха и световно господство с тъмните си изкуства. По този начин, започна войната. Южното племе отвърна, започнаха атаките и смъртта. Цялата местен нация беше заплашена от изчезване. Тогава шаманът на юга събра силите си и направи пакта. Южното племе спечели спора, магьосникът беше убит, шаманът плати цената на завета си и мирът беше възстановен. Оттогава планината Ороруба стана свещена.

Все още съм на ръба на пещерата, анализирайки ситуацията. Имам мисия да положа и момче, за което да се оглеждам, въпреки че все още самият аз не съм баща. Освен това, аз анализирам момчето от главата до тока и веднага го осъзнавам. Той е същото дете, което се опитах да спася от ноктите на онзи жесток човек. Струва ми се, че е ням, защото все още не съм го чул да говори. Опитвам се да наруша тишината.

"Синко, родителите ти съгласиха ли се да те оставят да пътуваш с мен? Виж, ще те заведа само ако е строго необходимо.

"Нямам семейство. Майка ми почина преди три години. След това баща ми се грижеше за мен. Въпреки това, бях малтретиран толкова много, че реших да избягам. Пазителят се грижи за мен сега. Помнете какво каза тя: Имате нужда от мен на това пътуване.

"Какво? Кажи ми: Как баща ти се е отнел лошо с теб?

"Накара ме да работя по дванадесет часа на ден. Ястията бяха оскъдни. Не ми беше позволено да играя, за да уча или дори да имам приятели. Биеше ме често. В допълнение, той никога не ми даде никакъв вид обич, която баща трябва да даде. И така, реших да избягам.

"Разбирам решението ти. Въпреки че сте дете, вие сте много мъдри. Няма да страдате повече с това чудовище на баща. Обещавам да се грижа добре за теб на това пътуване.

"Грижи се за мен? Съмнявам се.

"Как се казваш?

"Ренато. Това беше името, което пазителят избра за мен. Преди да нямам име или каквито и да било права. Какво е твоето?

"Алдиван. Но можеш да ме наричаш Гледачът или Божието Дете.

"Добре. Кога ще си тръгнем, гадателка?

"Скоро. Сега трябва да си кажа сбогувания с планината.

С жест направих сигнал, за да ме придружи Ренато. Бих обикалял през всички пътеки и планински ъгли, преди да тръгна за неизвестна дестинация.

Пътуване назад във времето

Току-що си казах сбогувания с планината. Беше важно в духовния ми растеж и допринесе за моето знание. Ще имам добри спомени за него: Уютният му връх, където завърших предизвикателствата, срещнах настойника и къде влязох в пещерата. Не мога да забравя призрака, младото момиче или детето, което сега ме придружава.

ПРОТИВОПОЛОЖНИ СИЛИ

Те бяха важни в целия процес, защото ме накараха да отразявам и критикувам себе си. Те допринесоха за познанието ми за света. Сега бях готов за ново предизвикателство. Времето на планината свърши, пещерата също, а сега ще се върна назад във времето. Какво ме очаква? Ще имам ли много приключения? Само времето ще покаже. Взимам със себе си очакванията си, чантата, вещите си и момчето, което не ме пуска. Отгоре виждам улицата и съдържанието ѝ в село Мимосо. Изглежда малко, но за мен е важно, защото там се качих в планината, спечелих предизвикателствата, влязох в пещерата и срещнах пазителя, призрака, младото момиче и момчето. Всичко това беше важно за мен, за да стана Гледачът. Гледачът, човекът, който успя да разбере най-обърканите сърца и да надмине времето и разстоянието, за да помогне на другите. Решението беше взето. Бих си тръгнал.

Вземам здраво ръката на детето и започвам да се концентрирам. Студен вятър удря, слънцето се загрява малко и гласовете на планината започват да действат. След това в дъното чувам един припадък глас, призоваващ за помощ. Фокусирам се върху този глас и започвам да използвам силите си, за да се опитам да го намеря. Същият глас, който чух в пещерата на отчаянието. Това е гласът на една жена. Мога да създам кръг светлина около мен, за да ни предпази от въздействията на пътуването във времето. Започвам да ускорявам скоростта ни. Трябва да постигнем скоростта на светлината, за да пробием времевата бариера. Налягането на въздуха се увеличава малко по малко. Чувствам се замаяна, изгубена и объркана. За момент аз наруших светове и самолети, успоредни на нашите собствени. Виждам несправедливите общества и тирани като в нашите собствени. Виждам света на духовете и наблюдавам как работят в перфектното планиране на нашия свят. Не само това, но виждам огън, светлина, тъмнина и завеси от дим. Междувременно скоростта ни се ускорява още повече. Близо сме до превишаване на скоростта на светлината. Светът се обръща и за момент виждам себе си в стара китайска империя, работейки във ферма. Още една секунда минава, а аз съм в Япония, сервирайки закуски на императора. Бързо сменям местоположенията и съм в ритуал, в Африка, на сесия за поклонение на Бог. Продължавам да изживявам живота непрекъснато в паметта си. Скоростта се увеличава още повече и след малко стигнахме до екстаз. Светът спира да се върти, кръгът се разпуска и падаме на земята. Пътуването назад във времето беше завършено.

Къде съм?

Събуждам се и осъзнавам, че съм сам. Какво стана с Ренато? Може ли да се окаже, че не е оцелял след пътуването във времето? Е, това беше всичко, което можех да заключа в този момент. Изчакайте? Къде съм? Аз не знам това място. Няма земя, няма небе и е пълен вакуум. Малко по-далеч от мястото, на което съм, възприемам среща на хора в шествие, всички облечени в черно. Приближавам ги, за да разбера за какво става въпрос. Не обичам да съм сам на неизвестни места. При приближаването си осъзнавам, че това не е точно шествие, а погребение. Ковчегът стои в самия център, поддържан от трима души. Качвам се при един от хората, които присъстват.

"Какво се случва? Чие е това погребение?
"Това, което се погребва, е вярата и надеждата на тези хора.
"Какво? Как?

Без да мога да го разбера, се отдалечавам от погребението. Какво правеха онези луди хора? Доколкото знаех, ти погреба мъртвите, а не чувствата. Вярата и надеждата никога не трябва да бъдат погребани дори и да е отчаяна ситуация. Погребение изчезва в хоризонта. Слънцето се появява и в горната част на равнината може да се види интензивна светлина. Светлината прониква и консумира цялото ми същество. Забравям всички неприятности, мъки и страдания. Това е визията на Създателя и се чувствам напълно спокойна и уверена в присъствието му. В самолета под прилив на сянка и с него, злодеи. Видението за мрака ме омайвай. Двете отделни равнини представляват "противоположните сили", пред които едната е изправена непрекъснато във вселената. Аз съм на страната на доброто и ще работя усилено, за да гарантирам, че винаги ще преобладава. Двете равнини изчезват от видението ми и само празното пространство остава при мен сега. Земята се появява, синьо-небето блести и за миг, събуждам се, сякаш всичко не е нищо повече от сън.

Първи импресии

Истинското пробуждане ме оставя в добър хумор. Пътуването във времето изглежда е било успешно. На моя страна, все още заспал, намирам Ренато да изглежда сякаш наистина се е насладил на пътуването. Къде съм? След няколко мига ще разбера. Внимателно съзерцавам мястото и ми изглежда познато. Планините, растителност, топография, всичко е еднакво. Изчакайте. Нещо е различно. Селото вече не изглежда да е същото. Къщите, които сега съществуват, се разпространяват от едната страна на другата, ако се съберат заедно подред, биха съставлявали не повече от една улица. Разбирам какво се е случило: Пътувахме навреме, но не и в космоса. Трябва да сляза по планината, за да наблюдавам всичко това. Освен това подхождам към Ренато и започвам да го разклащам. Не можем да губим време със закъснения, защото имаме точно тридесет дни, за да помогнем на някой, когото още дори не съм срещнал. Ренато се простира и с неохота започва да се спуска с мен в планината. Не мисля, че е преодолял битката за пътуване във времето още. Той все още е дете и се нуждае от грижите ми.

Спуснахме се по добра част от маршрута и Мимосо се приближава все по-често. Вече можем да видим деца, които играят на улицата, шайби с чувалите си на близкия язовир, младежи, общуващи на малкия местен площад. Какво ни чака? Чудя се кой има нужда от помощ. Всички тези отговори ще бъдат получени в книгата. Нещо се откроява в небето Мимосо: Тъмните облаци изпълват цялата среда. Какво означава това? Ще трябва да разбера за това. Стъпките ни се ускоряват, а ние сме на около сто метра от селото. Нагоре на север е внушителен се, стилен, и красив дом. Трябва да служи като резиденция за някой важен. На запад сред къщите се откроява черен замък. Страшно е само по външен вид. Най-накрая пристигаме. Намираме се в централния регион, където се намират повечето къщи. Трябва да намеря хотел за почивка, защото пътуването беше дълго и изморително. Чантите ми тежат тежко на ръцете ми. Говоря с един от жителите, който ми казва къде мога да намеря. Тя е малко по-на юг от мястото, където бяхме. Оставяме да отидем там.

Хотел

Пътуването, откъдето бяхме нагоре, докато хотелът се извършваше спокойно. Наблюдаваха ни само малко хората, които срещнахме. Сред тези хора се откроява някои фигури: Жена с шапка в стила на Кармен Миранда, момче с следи от камшик на гърба си, и тъжно момиче, придружено от трима силни мъже, които изглеждали нейни бодигардове. Всички се държаха странно, сякаш това село не е обикновена общност. Ние сме пред хотела. Отвън може да се опише така: Едноетажна, тухлена резиденция, с площ от приблизително 1600 квадратни фута с домашен стил, обърнат, V- образен покрив. Прозорецът и входната врата са дървени и са покрити с фантазия завеси. Има малка градина, където растат цветя от различни видове. Това беше единственият хотел в Мимосо, затова бяхме информирани. В съседство, само на няколко метра, беше бензиностанция. Опитвах се да намеря звънката, но не можах. Спомних си, че вероятно бяхме в по-древни времена и в допълнение бяхме в провинцията, където напредъкът на цивилизацията все още не е пристигнал. Решението, на което трябва да присъства, беше да се използва старият метод за викане, който събужда дори и инвестираното глухи.

"Здравейте! Някой там?

Не след дълго вратата скърца и по този начин се очертава фигурата на величествена жена от около шестдесет години със светли очи и червена коса. Тя беше тънка, имаше промити бузи и като анализираше отброяването си тя е просто малко разстроена.

"Що за шум е това в моето заведение? Нямате ли обноски?

"Съжалявам, но това беше единственият начин да видя, за да прихвана вниманието ти. Това си ти собственикът на хотела? Ще ни трябва настаняване в продължение на тридесет дни. Ще ви платя щедро.

"Да, аз съм собственик на този хотел повече от тридесет години. Казвам се Кармен. Имам на разположение само една стая. Интересуваш ли се? Хотелът не е луксозен, но предлага добра храна, приятели, редовни помещения за настаняване, както и определена семейна обстановка.

"Да, ще приемем. Уморени сме, тъй като сме имали дълго пътуване. Разстоянието от тук до столицата е приблизително сто и четиридесет мили.

"Ами тогава, стаята е твоя. Договорните бази, които ще измислим по-късно. Добре дошъл. Влизай и се отпусни. Разполагай се.

Минаваме през градината, която дава достъп до входа. Добрата почивка и добрата храна наистина биха могли да прекомпилират силата ни. Тази дама, която ни отговори и която сега следвахме, беше наистина много мила. Престоят в хотела няма да е толкова монотонен. Когато тя имаше малко време можехме да поговорим и да се опознаем по-добре. Освен това трябваше да разбера на кого ще трябва да помогна и какви предизвикателства трябваше да преодолея, за да се съберат "противоположните сили". Това представляваше още една стъпка в еволюцията ми като ясновидка.

Вратата се отваря от Кармен, а влизаме в малка стая с мебели, характерно пасващи на текущото време и украсени с възрожденски картини. Атмосферата наистина е много позната. Седейки на пейка от дясната страна, са трима души. Млад мъж, приблизително на двадесет години, стройна, черни очи и коса и много добре изглеждаща; Човек от някои четиридесет години, с добра физика, черна коса и кафяви очи, младежки въздух за него и ангажираща усмивка; и възрастен мъж, тъмнокож, къдрав коси, със сериозно отношение и поглед върху лицето си. Кармен по-трудно да ни представи:

"Това е съпругът ми Гюмерсиндо (посочващ възрастния мъж), а това са другите ми гости: Риванио, (четиридесеттодишният), той е известен като Ваниньо, и е придружител на гарата и Гомес (младежът), е служител в селскостопанския магазин.

"Казвам се Алдиван, а това е племенникът ми, Ренато.

С направени презентации Кармен ни води в стаята ни. Той е просторен, лек, и ефирен. В него има две легла, а това ме прави по-спокойна. Приберем багажа си, настаняваме се и в онзи миг Кармен ни оставя. Ще си починем малко и по-късно ще вечеряме.

Вечерята

След добър сън се будя със сили подновени. В хотелската стая съм заедно с Ренато. Съзнанието ми тежи, докато осъзнавам, че съм казал лъжи. Не съм от Ресифи, нито пък Ренато племенникът ми. Въпреки това беше най-добре. Все още всъщност не познавам хората, на които се представих. По-добре е да останете на защитата, защото доверието е нещо, което печелите. Като се замисля, ако кажа истината, ще ме нарекат луд. Истината е, че се качих в планината, търсейки мечтите си; Изпълних три предизвикателства и влязох в страшната пещера на отчаянието. Избягвайки капани и сценарии, станах Гледачът и направих пътуване през времето търсейки неизвестното. Сега бях там и търсех отговори. Ставам от леглото, будя Ренато и заедно се отправяме към трапезарията. Бяхме гладни, тъй като не сме яли от около 6 часа.

ПРОТИВОПОЛОЖНИ СИЛИ

Влязохме в трапезарията, поздравяваме се и седнахме. Празникът, сервиран е разнообразен и обикновено е Североизточен: Царевично овесена каша с мляко или царевично хранене яхния с пиле са възможностите. За десерт има торта за тесто Кускус с телешко варено. Започва разговор и всички участват в него.

"Е, г-н Алдиван, какво работите, и какво ви води на това мъниче място? Разпита кармен.

"Аз съм репортер и журналист в допълнение към учител по математика. Бях изпратен от вестника на столицата, за да намеря добра история. Вярно ли е, че това място крие дълбоки загадки?

"Предполагам. Забранено ни е обаче да говорим за това. В случай, че не знаеше, живеем по законите и реда на императрицата Клемилда. Тя е могъща вещица, която използва тъмни сили, за да накаже онези, които не се подчиняват. Бъдете нащрек: Тя може да чуе всичко.

За секунда почти се задавих с храната си. Сега разбрах смисъла на тъмните облаци. Балансът на "противоположните сили" беше нарушен. Тази зла жена блокираше слънчевите лъчи, чистата й светлина. Тази ситуация не можеше да остане такава много дълго, в противен случай Мимосо можеше да загине заедно с жителите си.

"Вярно ли е, че журналистите лъжат много? Пита Риванио.

"Това не се случва, поне в моя случай. Опитвам се да бъда верен на убежденията си и на новините. Истински журналист е този, който е сериозен, етичен и страстен към професията си.

"Женен ли си? Какви са житейските ти цели? Кармен пита.

"Не. Веднъж някой ми каза, че Бог ще изпрати някой при мен. В момента съм фокусиран върху обучението си и върху мечтите си. Любовта ще дойде един ден, ако това е моята съдба.

"Г-н Гюмерсиндо, разкажете ми за Мимосо.

"Сякаш жена ми каза, сър, забранено ни е да говорим за трагедията, която се случи тук преди няколко години. Откакто Клемилда започна да царува, животът ни не беше същият.

Емоциите преодоляха всички, които бяха в стаята. Сълзите настойчиво сълзяха по лицето на Гюмерсиндо. Това беше лицето на беден човек, който се умори от жестоката диктатора на тази магьосница. Животът беше загубил значението си за тези хора. Остана само да умрат с много малка надежда, че някой ще им помогне.

"Успокойте се всички. Не е краят на света. Това състояние на битието не може да продължи много дълго. Противоположните сили на света трябва да останат в равновесие. Не се безпокойте. Ще ви помогна.

"Как? Вещицата има сили над хората. Язвите й са унищожили много животи. (Гомес)

"Силите на доброто също са мощни. Те са способни да стабилизирам мира и хармонията тук. Вярвай ми.

Думите ми изглежда нямат желания ефект. Разговорът се променя и не мога да се концентрирам върху него. Какво си мислеха тези хора? Бог наистина се интересуваше от тях. Иначе нямаше да се качвам в планината, да се изправя пред предизвикателствата, да преодолея пещерата и да срещна настойника. Всичко това беше знак, че нещата могат да се променят. Те обаче не знаеха. Беше необходимо търпение, за да ги убедя да ми кажат истината, или поне да ми покажат начин. Завършвам вечерята заедно с Ренато. Ставам от масата, оправдавам се и заспивам. На следващия ден ще бъде жизненоважно в плановете ми.

А се разходят из селото

Появява се нов ден. Слънцето изгрява, птиците пеят, а свежестта на утрото обгръща цялата хотелска стая, в която се намираме. Събуждам се, чувствайки се ужасно. Ренато вече е буден. Опъвам се, мия си зъбите и си взимам душ. Това, което чух предната вечер, ме кара леко да се притеснявам. Как може Мимосо да е бил доминиран от зла вещица? При какви обстоятелства? Мистерията беше твърде дълбока за мен. Християнството е внедрено в Северна и Южна Америка през шестнадесети век и оттогава, то е станало върховно, като е втвърдило целия континент. Защо тогава, точно там, насред нищото, злото доминираше? Трябваше да разбера причините и причините за това.

Напускам стаята и се отправям към кухнята, за да закуся. Масата е зададена, и мога да видя някои екстри: Кускус с телешко варено, пшеничен кекс, и картоф. Започвам да си служа, защото се чувствам като у дома си. Останалите гости пристигат и действат подобно. Никой не докосва темата за предната вечер и никой също не се осмелява. Кармен се приближава и ми предлага чаша чай. Приемам. Чайовете са добри за облекчаване на сърдечната болка и повишаване на нечий дух. Аз правя разговор с нея.

"Бихте ли накарали някой да ме води, докато съм в Мимосо? Бих искал да направя някои интервюта.

"Не е необходимо, скъпа моя. Мимосо не е нищо повече от село.

"Опасявам се, че не си ме разбрала погрешно. Искам някой, който е интимен с хората, някой, на когото мога да се доверя.

"Е, не мога, защото имам много задължения. Всички мои гости работят. Имам идея: Търсене на Фелипе, син на собственика на Склада. Той има свободно време.

"Благодаря за бакшишът. Знам къде се намира складът в центъра. Ще се обадя на Ренато и ще отидем заедно.

"Чудесно. Пожелавам ти успех.

Призовавам Ренато, който все още е в хотелската стая. По същия начин се надявам, че ще закуси, така че можем да си тръгнем. Ще мога ли да получа точна информация за случая с Мимосо? Бях нетърпелив да разбера. Ренато завършва закуската си; сбогуваме се с Кармен и накрая си тръгваме. Съседният на хотела площад е пълен с младежи и деца. Малките деца стоят наоколо и говорят помежду си и децата си играят. Наблюдавам цялото вълнение, докато минавам.

Обръщам ъгъла към центъра и бързо пристигам в склада. Мъж на около петдесет години е придружителят. Сигнализирам за идване на човека.

"Как мога да ви помогна?

"Търся Фелипе. Къде е, моля?

"Фелипе е мой син. Само момент, ще му се обадя. Той е в депото.

Мъжът си отива и малко след завръщанията, придружени от млада червенокоса, и докато кльощава е построена като мъж на около седемнадесет години.

"Аз съм Фелипе. Какво ти трябваше?

"Кармен ме препоръча. Трябва да ме придружиш на някои интервюта. Казвам се Алдиван, приятно ми е.

"Разбира се, удоволствието ми, ще ви придружа. Имам малко свободно време. Можем да започнем с аптеката, която е в съседство. Собственикът е партньор на мястото, тъй като е тук от фондацията.

"Страхотно. Да вървим.

Придружен от Ренато и Фелипе Отивам в Аптеката, където ще изпълня първото си интервю. Фактът, че не съм истински журналист, ме изнервя малко и тревожна. Надявам се да се справя добре. Все пак се качих в планината, изпълних три предизвикателства и преминах теста на пещерата. Обикновено интервю няма да ме събори. При пристигането си в аптеката, ние сме посетени твърде своевременно. Представяме се на собственика. Моля да го интервюирам и той е съгласен. Оттегляме се на по-подходящо място, където можем да бъдем сами и да говорим. Започвам интервюто срамежливо.

"Вярно ли е, че сте един от най-старите жители, един от основателите на това място?

"Да, и не ме наричай сър. Казвам се Фабио. Мимосо наистина започна да изпъква още от имплантацията на железопътния отдел. Прогресът и модерната технология пристигат през 1909 г. с великите западни влакове. Британските инженери Календар, Толестър и Томпсън проектират релсите на железопътната линия, строят сградите на гарата и Мимосо започва да расте. Търговията е реализирана и Мимосо става един от най-големите складове в региона, на второ място след Карабайс. Мимосо е предопределен да расте и затова съм тук.

"Животът тук винаги ли е бил гладък или е преживял трагични събития?

"Да, така е било. Поне до преди една година. Оттогава не е същото. Хората са тъжни и са загубили всяка надежда. Живеем под диктатора. Данъчната тежест е твърде висока, нямаме свобода на словото и трябва да направим гласовете си до скрити сили. Религията за нас стана синоним на потисничество. Нашите Богове са жестоки Богове, които искат кръв и отмъщение. Изгубихме истински контакт с Бог Отец, Единствения и Единствен.

"Разкажи ми за случилото се преди една година.

"Не искам и дори не мога да говоря за трагедията. Много е болезнено.

"Моля те, имам нужда от тази информация.

"Не. Семейството ми би страдало, ако ти кажа. Духовете чуват всичко и биха казали на Клемилда. Не можех да поема толкова голям риск.

Настоявам, отново и отново, но той става непреклонен. Страхът го е направил и. Оттегля се от мястото без допълнително обяснение. Сам съм, неспокоен и пълен с въпроси. Защо толкова се боят от тази оголен? За каква трагедия е говорил? Имах нужда от тази информация, за да знам на каква основа стоях. Аз бях Гледачът, надарен с подаръци, но това не улесни нещата. Ако тази Клемилда управляваше тъмните сили, тя щеше да е страшен противник. Черната магия може да улови всяко човешко същество, дори и най-добродушното. Сблъсъкът на "противоположните сили" можеше да унищожи вселената и това беше най-далечното нещо от ума ми. Беше необходима предпазливост незабавно. Това, което ми беше ясно, беше, че балансът на "противоположните сили" беше нарушен и мисията ми беше да я съединя. Но за това беше необходимо да се знае цялата история. Аз се отдалечавам с тази мисъл. Намирам

Ренато и Фелипе и тръгваме за нови интервюта. Освен това се надявам да успея.

Напълно съм разочарован след интервютата. Не получих цялата информация, от която се нуждаех. Какъв журналист бях? Мисля, че трябваше да взема курс по журналистика. Всички лица, които интервюирах, пекарят и ковачът, повториха това, което вече познавах. Ренато и Фелипе се опитват да ме утешават, но не мога да си простя. Сега бях изгубен, в края на света, където цивилизацията все още не е пристигнала. Единствената информация, която знаех е, че Мимосо е управляван от зла вещица. Викът, който чух в пещерата на отчаянието, все още ме накара да се замая. Кой беше този, който толкова се нуждаеше от помощта ми? Концентрирах се върху този плача и, под помощ от силите ми, бях дошъл в Мимосо чрез пътуване във времето. Целите на това пътуване все още не ми бяха ясни. Настойникът беше говорил за повторното обединение на "противоположните сили", но нямах представа как да направя това. Това, което знаех е, че все още нямах пълен контрол над моите "противоположни сили" и това ме затрудни още повече. Е, сега не беше моментът да бъдеш обезкуражен. Все още имах двадесет и осем дни, за да разреша този въпрос. Най-доброто сега беше да се върна в хотела и да събера сили, както ще ми трябва. Ренато и Фелипе бяха с мен и по пътя, опознахме се по-добре. Те са перфектни хора. Не се чувствам толкова сам на това място, което е доминирано от силите по-долу и е пълно със загадки.

Черният замък

На третия ден след време пътуваме. Предишният ден не беше оставил добри спомени. След интервютата реших да прекарам остатъка от деня в хотела, намирайки се. Това беше отправната ми точка: Намерете себе си, за да разрешите важни въпроси. Ренато все още не ми е помагал изобщо досега. Мисля, че настойникът сгреши, че го прати с мен. Все пак той беше просто дете и като такъв нямаше много отговорности. Положението ми беше съвсем различно. Бях млад мъж на двадесет и шест, административен асистент, със степен по математика и много цели. Нямах време да мисля за любовта или за себе си, защото бях на мисия, въпреки че не знаех какво точно е това. Единствената сигурност, че бях, че се качих в планината, осъзнах предизвикателствата, намерих младото момиче, призрака, детето и пазителя и аз преминахме тестовете в рамките на пещерата. Станах Гледачът, но това не беше всичко. Трябваше непрекъснато да преодолявам житейските предизвикателства. Е, нов ден се зазорява, и с-то нови надежди. Ставам, взимам душ и закусвам, мия си зъбите и се сбогувам с Кармен. Предишният ден се събуди в мен нова идея: Да познавам врага си интимно и да крада информация от тях. Това беше единственият изход.

Излизам на улицата и виждам детската площадка и всички седящи на пейките. Те действат нормално, сякаш са в нормална общност.. Човешките същества привикват към всичко дори по време на гибел. Продължавам да вървя. Завивам на ъгъла, срещам се с някои хора и оставам твърд в изход си. Предизвикателствата на пещерата ми помогнаха да загуба страха си от всякакъв вид обстоятелства. Открих три врати, представляващи страх, провал и щастие. Избрах щастието и се разположих от останалото. Завивам още един ъгъл и идвам в западната част на селото. Появява се голям замък. Внушителни сгради, съставени от две основни кули и вторична кула. Резиденцията е черна боядисана тухлена зидария. Лош вкус, типичен за злодей. Сърцето ми се състезава и стъпките ми също го правят. Бъдещето на Мимосо зависи от отношението ми. Бяха заложени невинни животи и не бих позволил повече несправедливостта. Пляскам си ръцете, надявайки се да привлича вниманието на някой в къщата. Здрава момче, висока и тъмнокожа, излиза отвътре в къщата.

"Какво ти трябваше?
"Тук съм да видя Клемилда.
"Сега е заета. Ела друг път.

"Чакай малко. Важно е. Аз съм репортер на "Дейли Джърнъл" и дойдох да направя специален доклад за нея. Дай ми само 5 минути.

"Репортери? Е, мисля, че това ще й хареса. Ще обявя пристигането ви.

"Няма нужда. Позволете ми да дойда с вас.

Човекът сигнализира с "да" и започвам многобройните стъпала, които дават достъп до входната врата. Един тласкач минава през тялото ми и настойчиво гласовете ме предупреждават да не влизам. Котка минава покрай и мига ожесточените си нокти. Моля се навътре Бог да ми даде силата да издържам на всяка ситуация. Момчето ме придружава, а ние влизаме. Вратата дава достъп до голямо, орнамент фоайе, изпълнено с цветове и живот. От дясната страна има достъп до още над три камери. В центъра има образи на светци с рога, черепи и други греховни предмети. От лявата страна са странни картини. Сценарият е ужасен и не мога напълно да го опиша. Отрицателните сили доминират над мястото и ме замайват, тъй като това е сблъсък на "противоположните сили". Човекът спира пред едно от отделенията и чука. Вратата се отваря, димът се издига и се появява дебела, черна жена със силни черти, на около четиридесет години.

"На какво дължа честта гледачът лично да дойде да ме посети?

Тя сигнализира мъжът да изчезне. Напълно съм смутен от отношението й. Откъде ме е познавала? Може ли да е, че е знаела за планината и пещерата? Какви странни сили притежаваше тази жена? Този и много други въпроси преминаха през ума ми в този момент.

"Виждам, че ме познаваш. Тогава трябва да знаеш защо дойдох тук. Искам да знам за трагедията и как си доминирал над такова тихо място.

"Трагедия? Каква трагедия? Нищо не се е случило тук. Модифицирах мястото само малко, за да стане по-приятно. Хора с фалшиво си щастие... ми се качиха на нервите и реших да го сменя.

Мимосо стана моя собственост и дори не можеш да направиш нищо по въпроса. Психическите ти сили са нищо в сравнение с моите.

"Всеки злодей е самодоволен и горд. И двамата знаем, че тази ситуация не може да продължи дълго. "Противоположните сили" трябва да останат в равновесие в цялата вселена. Доброто и злото не могат да се противопоставят един на друг, защото в противен случай вселената е изложена на риск от изчезване.

"Не съм загрижен за вселената или нейния народ! Те са нищо друго освен насекоми. Мимосо е моят домейн и ти трябва да уважаваш това. Ако ми се противопоставите, ще страдате. Просто трябва да спомена една дума на майора, и ще ви арестувам.

"Заплашваш ли ме? Не ме е страх от заплахи. Аз съм Гледачът, който се качи в планината, завърши три предизвикателства и победи пещерата.

"Махай се, преди да съм те сготвила в казана си. Писна ми от добродетелта ти. Това ме отвращавали.

"Ще отида, но ще се срещнем отново. Доброто винаги преобладава накрая.

Бързо я оставям и ходя до вратата. Докато си тръгвам, все още чувам нейните жестове. Доста е бясна. Въпросите ми остават без отговор и оставам безцелен и без никакви признаци. Срещата с Клемилда не беше изпълнила целта ми.

Руините на Параклиса

При напускането на черния замък решавам да поема по друг път. Искам да видя още малко от града и неговите хора. Разхождайки се към изток, намирам някои и се опитвам да направя разговор. Въпреки това, те ме избягват. Недоверието им е още по-голямо, защото съм неизвестен, млад репортер. Не знаят истинските ми намерения. Искам да спася Мимосо, да намеря човека, когото търся, и да събера "противоположните сили", както настойникът поиска от мен. Но за това беше необходимо да взема малко назаем от историята на мястото и да познавам точно всичките си врагове. Ще трябва да открия всичко това възможно най-скоро, защото имах краен срок да се срещна. Изкачването на планината, предизвикателствата, пещерата, всичко това беше необходимо знание за мен, за да знам какъв е животът и как го живеят хората. Беше време да го приложим на практика. Обръщам се зад ъгъла и няколко фута напред се натъквам на купчина развалини. Мисля за липсата на организация на мястото и нейния народ. Боклук плаващ свободно сред обществото и да може да предава болести и да служи като разсадник за животни и насекоми; това беше вредно за човека. Приближавам се за по-добър поглед към бедствието на мястото. Изчакайте. Има нещо различно в този боклук. Полу-изкопано, виждам огромен дървен разпятие, сякаш е от параклис. Движа боклука наоколо по-добре и мога да видя ясно: Това е разпятие. При докосването му вълна от топлинни курсове през цялото ми тяло и започвам да имам видения. Виждам кръв, страдание и болка. За момент се озовавам на това място, участвайки в събития от миналото. Свалям си ръката от разпятието. Още не съм готов. Освен това ми трябва известно време, за да абсорбирам всичко, което съм чувствал за по-малко от три секунди. Кръстът някак повишава силите ми и започвам да усещам действието на сила, противопоставяща се на моята.

Орденът

Посещението ми при страшната, тъмна магьосник на име Клемилда не я беше оставила щастлива. Никога не е била противоречила. Домейнът й над общността на Мимосо беше напълно неограничен. Въпреки това, тя не се беше броила въз основа на добро, изпращайки ме на пътешествие назад във времето до мястото. Веднага след заминаването ми от замъка тя се събра със слугите си, Тотоньо и Клийд, и те се консултираха с окултните сили. Те влязоха в лявото отделение, разположено в залата и взеха, като жертва, малко прасе. Вещицата взела книга и започнала да рецитира сатанински молитви на друг език и тя и нейните тронове започнали да жертват бедното животно. Следа от кръв напълни отделението и негативните сили започнаха да се концентрират. Естественото осветление на района беше затъмнено, а Кметът започна да крещи лудо. За кратко време тъмнината пое заграждението и през огледало се отвори врата за комуникация между двата свята. Клемилда извършва с почит към своя Господ и започва да се позовава на него. Тя беше единствената на онова съединение, което имаше тази способност. Греховният оракул и рецепторът й бяха на пълно причастие известно време. Другите просто гледаха цялата ситуация. След срещата тъмнината се разпръсна, а сайтът се върна в първоначалното си състояние. Клемилда се възвърна от въздействието на разговора, обади се на помощниците си и им каза:

"Разпространете в цялата общност следния ред: Който и да е, мъж или жена, дава всякаква информация на мъж на име Гледачът, ще бъде строго наказан. Смъртта му ще бъде трагична и ще отбележи преминаването им в царството на мрака. Това е заповедта на кралица клемилда за всички Мимосо.

Лакеите на Прибързано Клемилда отидоха да изпълнят заповедта за обявяване на новините пред жителите на селото, до съседни обекти и до земеделските земи.

Среща на жителите

Със заповедта, издадена от Клемилда, жителите са още по-смотани по въпроса. Фабио, собственикът на аптеката, и президент на асоциацията на собствениците на жилища, свика спешна среща с основните лидери на мястото. Срещата беше насрочена в 10:00 в сградата на асоциацията в центъра. Те биха умишлено по моя случай

В определеното време основната зала на сградата беше запълнена. Присъстваха майор Квинтино, делегатът Помпей, Осмар (фермер),

Шеко (собственик на склада), и Отавио (собственикът на селскостопанския магазин), наред с други. Фабио, президентът, започна сесията:

"Е, приятели мои, както всички сте наясно, Клемилда пусна заповед вчера следобед. Никой не трябва да предава никаква информация на тема, наречена "Гледачът", който е отседнала в хотела. Виждам, че този индивид е много опасен и трябва да се съдържа. Дори се опита да събере малко информация от мен, но се провали. Искаше да знае за трагедията.

"Гледачът? Не съм чувал за този човек. Откъде идва? Кой е той? Какво иска с малкото ни село? (Попита майора)

"Леко, майоре. Ние все още не знаем, че. Единствената информация, която имаме е, че той е мистериозен външен човек. Трябва да решим какво да правим с него. (Фабио)

"Чакайте малко, момчета. Доколкото знам, той не е престъпник. Синът ми Фелипе го придружаваше на разходка до града и ми каза, че той е добър, честен човек. (Шеко)

"Изявите могат да бъдат измами, синко. Ако Клемилда ни е положила тази заповед, то този човек се е превърнал в опасност за нас. Ще трябва да го прогоним възможно най-скоро. (Отавио)

"Ако имате нужда от услугите ми, аз съм на разположение. (Помпей, делегатът)

В сглобяването възниква незначително смущение. Някои започват да протестират. Помпей става, консултира се с майора и казва:

"Да арестуваме този човек. В затвора ще зададем всички необходими въпроси на него.

Групата разглобя заповедта да ме арестуват. Може ли да е, че съм престъпник?

Решителен разговор

Оставям руините на параклиса и започвам да вървя към хотела. Шестото ми чувство ми подсказва, че съм в опасност. Всъщност, откакто съм в Мимосо, винаги ме е предупреждавало къде отивам. Село, доминирано от тъмните сили, не беше добър избор на ваканция. Въпреки това, ще трябва да изпълня обещанието, дадено на пазителя на планината: Да съберем "противоположните сили" и да помогна на собственика на онзи писък, който чух в пещерата на отчаянието. Никога не бих могъл да изоставя тази мисия. Стъпките ми се ускоряват и скоро пристигам в хотела. Отварям вратата, отивам в кухнята и намирам Кармен, последната ми надежда. Чувствах достатъчно смелост и разчитах на добрата, за да ми помогне.

"Г-це Кармен, трябва да говоря с вас, госпожо.

"Кажи ми, Алдиван, какво искаш?

"Искам да знам всичко за трагедията и историята на Мимосо.

"Синът ми, не мога. Не знаеш ли най-новото? Клемилда заплаши да убие всички, които ти дадат информация.

"Знам. Тя е змия. Ако обаче не ми помогнеш, Мимосо ще потъне още повече и ще рискува да изчезне.

"Аз не го вярвам. Гнилите никога не загива. Това е урокът, който научих откакто тя започна да царува.

Мълчанието надделя за няколко момента и осъзнах, че ако не кажа истината, няма да имам никакви отговори. пускoвите установки ми се те готвеха да атакуват.

"Кармен, слушай внимателно какво ще кажа. Не съм нито журналист, нито репортер. Аз съм пътешественик във времето, чиято мисия е да възстанови баланса, от който Мимосо толкова много се нуждае. Преди да дойда тук, се качих в планината на Ороруба; Изпълних три предизвикателства, намерих млад мъж, пазителя, призрака и Ренато. Преодолявайки предизвикателствата, получих правото да вляза в пещерата на отчаянието, пещерата, която може да реализира и най-дълбоките мечти. В пещерата избягвах капани и напреднах чрез сценарии, които никое друго човешко същество не е надминало. Пещерата ме направи Гледача, същество, което може да надмине времето и разстоянието, за да разреши оплакванията. С новите си сили успях да пътувам назад във времето и да пристигна тук. Искам да съберем отново "противоположните сили", да помогна на някой, когото не познавам, и да сломя тиранията на тази нечестива вещица. Накрая трябва да знам всичко и да знам какво си способен да разкриеш. Ти си добър човек и като другите тук заслужаваш да си свободен, както Бог ни е създал.

Кармен седна на стол и стана емоционална. Обилно сълзи се плъзгаха надолу под лицето й, което беше зряло от страдание. Държах ръцете й и очите ни се срещнаха мигновено. За момент се чувствах така, сякаш съм в присъствието на майка си. Тя стана и поиска да я придружа. Спряхме пред врата.

"Ще намерите отговорите, от които много се нуждаете точно тук, в този депозитар. Той е това, което мога да направя за вас: Покажете ви пътя. На добър час!

Благодаря й и й давам благословен разпятието. Тя се усмихва. Влизам в складовата зала, затварям вратата и се натъквам на множество печатни вестници. Къде би било това нещо, което търся?

Видение

Седя на единствения наличен стол, подкрепям се на малката маса и започвам да прелиствам вестниците, които намирам. Всички са от периода 1909-1910. Прочетох само заглавията, но изглежда нямат много общо с това, което търся. Някои говорят за Рибарско градче и други общини в региона, но разгледаните въпроси се отнасят до въпроси, свързани със здравеопазването, образованието и политиката. Какво всъщност търся? Трагедия, която успя да разтърси това малко място и да го направи поле на мрака. Продължавам да прелиствам документите и ми се струва, че това ще бъде изморена и монотонна задача. Защо Кармен просто не ми каза директно? Не бях ли достоверен? би било много повече -просто. Отново си спомням планината, предизвикателствата и пещерата. Не винаги беше най-простият начин по-лесен, ясен или по-осезаем. Започвам да го разбирам малко. В края на краищата, тя беше под силата на една подла, жестока и арогантна вещица. Тя ми показа пътя, точно как каза и мисля, че това ще ми е достатъчно, за да спечеля, да изпълнявам целите си и да бъда щастлив. Продължавам да прелиствам документите и да взема торбичка с такива от 1910 г. Ако си спомних правилно, това беше годината на трагедията, както Фабио ме беше информирал в интервюто. Започвам да чета заглавията и новините. Трябваше да проверя всички възможности.

След час четене и препрочитане на вестниците, не бях открил нищо, което да нарече вниманието ми. Селски новини, спорт и други секции бяха всичко, което можах да намеря. Надеждата, че имах да намеря новините, беше в тази хартиена торбичка от 1910 г., която взех. Изчакайте. Ако тази трагедия наистина се случи, тя със сигурност трябва да бъде във вестник, който беше особено отделен, тъй като това беше такава голяма новина. Започвам да претърсвам чекмеджетата на шкафа до масата. Намирам различни вестници с различни дати. Човек ме поразява: Това е от деня на 10-ти януари 1910 г. и има следното заглавие: Кристин, Младото чудовище. Мисля, че намерих това, което търсех. При докосването на вестника, студен вятър ме удря, сърцето ми се състезава и като пътуване през времето изпитвам визията на тази история.

Началото

XX век започва и с него възникват първите пионери на земята, разположени западно от Рибарско градче. Първите, които отидоха, бяха майор Квинтино и неговият приятел Осмар, и двамата с произход от щата Алагоас и които присвояват земи, които са собственост на местните. Местните са изритани, унижени и убити. Двамата решават да не се местят за постоянно в региона, тъй като няма подходяща за тях структура.

С течение на времето дойдоха и други хора, които разчистиха много за офиса на кмета. Земята е дарена, а първите къщи построени. По този начин, възникна селище. Селището привлече някои търговци в региона, заинтересовани от разширяване на бизнеса си. Беше открит склад, бензиностанция, магазин за хранителни стоки, аптека, хотел, както и селскостопански магазин. Изградено е основно училище, което да служи като интелектуална основа за общото население. След това Мимосо се премества в категорията село, обект на централата на Рибарско градче.

Железопътната линия

От 1909 г. големите западни влакове пристигат в Мимосо, носейки напредък и технологии на спокойното място. Британските инженери Директория, Толестър и Томпсън са отговорни за полагането на релсите и изграждането на сградите на гарата. Европейското влияние може да се наблюдава и в зидария на други сгради и в градските райони на Мимосо.

С изпълнението на железопътната линия, Мимосо (името идва от Мимосо трева, много често срещана в региона) се превърна в център с търговско значение и регионална политическа значимост. Стратегически разположено на границата на земляк с пустошта, селото е консолидирано като точка на пристигане и заминаване на продуктите от много общини Пернамбуко, Парайба и Алагоас. В допълнение към железницата, черен път, свързващ Ресифи с пустошта, премина точно в центъра й, допринасяйки за напредъка на мястото.

Населението на Мимосо е формирано основно от потомците на семейства от португалски произход. Най-слабо облагодетелстваната част от населението са потомците от индийски и африкански произход. Хората в Мимосо могат да се характеризират като приятелски настроени и приветливи хора.

Преместването

С консолидирането на изпълнението на железопътната линия и последвалия напредък в Мимосо, пътните настилки в региона (земеделските производители, майор Квинтино и Осмар) решиха да се заемат с пребиваване на място с всичките си съответни семейства.

Беше десетия ден на февруари 1909 г. Времето беше хубаво, вятърът беше североизточен и аспектът на селото възможно най-нормален. На хоризонта се появява влак, режисиран от инженер роберто, който носи новите местни обитатели от Ресифи: майор Квинтино, съпругата му Хелена, единствената му дъщеря Кристин и прислужницата им Геруса, черна жена от Баия. Вътре във влака, в купето, една неспокойна Кристин се разкрива.

"Майко, изглежда пристигаме. Какъв ще бъде Мимосо? Ще ми хареса ли?

"Хъш, дете мое. Не бъдете толкова тревожни. Скоро ще разберете. Важното е, че сме заедно като семейство. Не след дълго ще се настаним и ще се сприятелим.

Майорът наблюдава двамата и решава да се присъедини към разговора.

"Не е нужно да се притеснявате. Няма да ви липсва нищо. Построил съм красива къща, разположена в една от земите, които притежавам. Намира се до селото. Запомнете: Ще имате пълна свобода да се отнасяте към хора от нашето социално ниво, но не искам да имате контакт с нечистите или с плачевното.

"Това е предразсъдъци, татко! В монахинята, където останах три години, бях научен да уважавам всяко човешко същество независимо от социалната класа, етническата принадлежност или расата, убежденията или религията. Струваме си това, което държим в сърцата си.

"Онези монахини са разединени от реалността, защото живеят обковани. Не трябваше да ти позволявам да ходиш там, защото си се върнал с глава пълна с глупости. Идеи на майка ти, на която вече не слушам.

"Винаги съм мечтал, че тя става монахиня. Кристин беше за мен голям дар от Бог. Научих я на всички предпочети на религията, които познавах. Когато навърши петнадесет, я пратих в монахинята, защото бях сигурен в призванията й. Въпреки това, три години по-късно, тя се отказа и все още боли много. Това беше едно от най-големите разочарования, които тя някога ми е дала.

"Беше твоя мечта, майко, а не моя. Има безкрайни начини да служим на Бог. Не е необходимо да бъда монахиня, за да Го разбера и да разбера волята Му.

"Разбира се, че не! —Ще уредя добър брак за нея. Вече имам някои идеи. Е, сега не ми е времето да разкривам.

Влакът подсвирква, сигнализирайки, че ще спре. Селото се очертава; Кристин вижда всички селски аспекти на мястото през един от прозорците. Сърцето й се стяга, а тя чувства леко потръпва в тялото си. Мислите й се изпълват със съмнение с това предразположение. Какво я чакаше в Мимосо? Задръж с нас, читатели.

Кристин и Хелън, с полите си с обръч, изтръпват от изходната врата на влака. На майора не му харесва. Четирите изхода и причиняват определена искра на любопитство от другите жители. Държат се с елегантност и разкош. Майорът поздравява Риванио като учтивост. От тогава нататък те заминават за дома си, който е в северната част на селото.

Пристигането в бунгалото

Кристин, Майорът, Хелена и Геруса пристигат в новия си дом. Това е тухлена и хоросан къща, бунгало стил, някои 1600 квадратни фута (1.49 а) от построена площ, това е заобиколен от градина от овощни дървета. Вътре има две всекидневни зони, четири спални, кухня, зона за пране, както и баня. Отвън има каюта на прислужницата със стая и баня. Четирите ходят в тишина, докато майорът не се изкаже.

"Е, ето я, нашата къща, която построих преди няколко месеца. Надявам се да ти хареса. Той е просторен и удобен.

"Изглежда много впечатляващо. Мисля, че ще се радваме тук. (Елена)

"Надявам се също така, въпреки предположението, което току-що имах. (Кристин)

"Интуиции са глупости. Ще бъдеш щастлива, дъще моя. Това място е хубаво, изпълнено с добри и гостоприемни хора. (Майор)

Четиримата влизат в къщата. Разопаковат си багажа и си почиват. Пътуването беше дълго и изморително. Започвайки още един ден, те напълно биха проучили мястото.

Среща с кмета

Възниква нов ден и Мимосо се представя с аспектите на всяка селска общност. Земеделските производители излизат от домовете си и се подготвят за нов ден на тоалетна, търговските служители правят това, както добре. Децата минават заедно с майките си в посока училището. Магаретата циркулират нормално носейки товарите и хората си. Междувременно, в красивото бунгало, майорът се подготвя да си тръгне. Отиваше на среща в Рибарско градче, с кмета. Хелена нежно изправя якето си.

"Тази среща е критична за мен, съпруга. Важни господари на земята трябва да бъдат там, като полковника от Карабайс. Трябва да препотвърдя мястото си над Мимосо.

"Ще се справиш добре, тъй като само ти си на това място с ранг майор в Националната гвардия. Беше добра идея да купя тази позиция.

"Разбира се, беше. Аз съм човек на зрението и стратегията. Откакто напуснах Алагоас и дойдох тук, имам само победи.

"Не забравяй да поискаш позиция за дъщеря ни Кристин. Тя не прави малко на нищо. Образованието, което е получила в манастира, е достатъчно за нея да изпълнява всякакви задължения.

"Не е нужно да се притеснявате. Ще знам как да го убедя. Дъщеря ни е интелигентна и заслужава добра работа. Е, трябва да тръгвам. Чувствам, че ще е по-добре да не закъсняваме за срещата.

С целувка майорът се сбогува със съпругата си Хелена. Върви към вратата, отваря я и си тръгва. Мислите му се концентрират върху аргументите, които ще използва в съдебното заседание. Той мисли за силата, славата и социалното показно, които неговият ранг майор ще му даде. Той мечтае голям. Освен това той мечтае да стане приятел на Губернатора и като прави това, получавайки повече услуги. В края на краищата, всичко, което имаше значение за него, беше властта, и бъдещето на дъщеря му, разбира се. Други станаха просто пешки в играта му. Той вдига темпото, за пет минути влакът за Рибарско градче ще отпътува. За момент насочва вниманието си към бедните хора, които вижда по пътя. Съжалява и обръща лицето си на другата страна. Майорът не може да се меси с всички, мисли си. Най-скромните и изключени, за него, се броят само по време на изборите. Когато този момент отмине, те губят стойността си и след това, майорът не обръща повече внимание на техните изисквания или нужди. Бедните, под контрол на господарите на земята, са необразовани и подаде оставка. Майорът продължава да ходи и се приближава до жп гарата. Когато пристигне, купува бързо билет и дъски.

Във влака той търси най-доброто място и започва да си спомня детството си. Той беше бедно момче, от предградие на Масейо, което работеше като продавач на бонбони. Той помни униженията и наказанията от страна на баща си и битките с по-големите си братя. Това бяха времена, които искаше да забрави, но паметта му упорито отказа да спре да му напомня. Най-силният му спомен е за борбата с мащехата му и за ножа, с който е разполагал, за да я убие. Кръв блика, крещи, вика и той бяга от вкъщи, след като актът ми дойде на ум. Той става просяк и малко след това се въвежда в наркотици, алкохолизъм, и деликвент. Той потъва в този свят около пет години, докато един ден, една набита жена се появи и го осинови. Освен това той расте, става мъж и се среща с Хелена, фермерска дъщеря, с която се жени. Някой път след това, те имат първата си и единствена дъщеря, Кристин. Местят се в Ресифи. Той закупува ранг майор на Националната гвардия и пътува дълбоко в интериора, търсейки земя. Той покори всичко от западната страна чак до Рибарско градче. По същия начин той превзема земите и става завладяваща човек, който е добре познат и уважаван. Чувстваше себе си велик човек по всякакъв начин. Животът го беше научил да бъде силен, пресмятащ и завладяващия човек. бих използвал всички тези оръжия, за да постигне целите си. Все още във влака забелязва, точно зад него, жена с дете в скута си. Той помни Кристин и нейната невинност и сладост, когато тя беше малка. Също си спомня подаръка за рождения ден, който дава на Кристин, парцалена кукла. По същия начин, той й дава настоящето; тя го прегръща и го нарича скъп баща. Той става емоционален, но не може да плаче, защото мъжете не могат да правят това пред хората. Малката му Кристин сега беше красива и привлекателна млада дама. Той би имал нужда да уреди добър брак и някои задължения за нея. Мислейки за това, той заспива във възстановителна дрямка. Влакът се полюшва: събужда се и запитвания джобния си часовник, за да види колко е часът. Той отбелязва, че е близо до времето на срещата. Влакът ускорява; Рибарско градче идва на поглед, а сърцето му се успокоява. Умът му сега е концентриран върху срещата и той мисли за срещата с приятелите си фермери. Влакът сигнализира, че ще спре, а майорът стои, за да ускори излизането си. Животът изискваше жертви и той повече от всеки друг знаеше това. Времето по време на детството му и житейските му преживявания го квалифицираха още повече. Влакът най-накрая спира, и той затихва надолу към политическия щаб на града.

8:00 сутринта е и гигантската сграда вече е запълнена. Майорът влиза, поздравява хората, които познава и седи на една от предните места, запазени за него. Сесията все още не е започнала. В целия генерален щаб се чува силна ракета. Някои се оплакват от забавянето, други за роднините си, които не всички биха могли да се вместят в офиса на кмета. Управителят на сградата напразно се опитва да контролира ситуацията. Накрая пристига секретарката на кмета, моли за мълчание и всички да се подчиняват. Той обявява:

"Негово Превъзходителство, Кметът Орасио Барбоса, ще се обърне към вас сега.

Кметът влиза, изправя дрехите си и се подготвя да произнесе реч.

"Добро утро, скъпи мои сънародници. С голямо удовлетворение ви приветствам на това място, което представлява силата и силата на нашата община. С голяма радост ви повиках тук, за да говорим малко за нашата община и да дадем възможност на политическите представители на Мимозо и Карабайс. Нашата община се разраства много в търговския сектор и в селското стопанство. На границата на пустошта с земляк имаме Мимосо като основен търговски пункт. Имаме вашия политически представител, майор Квинтино, присъстващ тук. В земляк имаме Карабайс, а с познатото си земеделие е успяло да направи много дивиденти за града. Полковникът от Карабайс, г-н Соарес, също е тук. Туризмът на нашата община се развива и след създаването на железопътната линия. Както виждате, общината ни расте. … … …………………………
………………………………. И накрая, искам да ви представя г-н Соарес и г-н Квинтино. Нека ги аплодираме.

Сглобяването стои и ги аплодира и двамата.

"С властта си на кмет, сега ви обявявам за командири на съответните ви местности. Вашата функция е да управлявате, с железен юмрук, интересите на обществеността, да наблюдавате събирането на данъци и да поддържате правото и правосъдието, съответстващо на нашите интереси. Обещавам да ти помогна по всякакъв начин.

Се присъждат на тях. Квинтино сигнализира за кмета и двамата се оттеглят от подиума. Биха имали личен разговор. Двамата влизат в стая с ограничен достъп.

"Е, Ваше Превъзходителство, помолих за момент от времето ви, защото имам два въпроса, които да преднамерено с вас. Първо, искам по-висок процент от събиранията на данъци. Второ, работа за дъщеря ми, Кристин. Както знаете, Мимосо стана търговски пост от голямо значение след железопътната линия и с това печалбите на префектурата пропорционално се увеличиха. Искам тогава да стана по-силен и по-могъщ и кой знае, дори да ти бъде наследник. Освен това искам добра работа и добра заплата за дъщеря ми, Кристин. Тя е била по-скоро... статично напоследък.

"По отношение на печалбите, въпросът ви става невъзможен. Градът има много разходи, а администрацията ми е прозрачна и сериозна. Лично аз не мога да направя нищо. Що се отнася до работата, кой знае, мога да й дам преподавателската позиция.

"Как така? Администрацията ви е прозрачна и сериозна? Корупцията тук е прословута! Запомни добре, че подкрепих губернатора ти и му взех значителен процент от вота. Ако не ми дадеш това, за което искам, подкрепата е изключена.

Кметът беше тих и мисъл и премисли за офиса си. Той постави очи на Квинтино и коментира.

"Наистина си ужасен. Не искам да съм един от враговете ти. Много добре. Ще увелича процента ви и ще дам поста на събирач на данъци на дъщеря ви. Как е това?

Лека усмивка напълни лицето с майор Квинтино. Аргументите му бяха достатъчни, за да убедят кмета. Наистина беше победител и войн.

"Много добре. Приемам. Благодаря ви за разбирането, Ваше Превъзходителство.

Квинтино се сбогува и се оттегли от стаята. Срещата беше отложена, и всички се оттеглиха от залата.

Среща на земеделските стопани

След края на изслушването основните "Господа" на град Рибарско градче се събират в бар близо до мястото, където са били. Сред тях полковникът от Санхаро (г-н Гонкалвес), полковникът от Карабайс (г-н Соарес) и майор Квинтино, от Мимосо. Те говорят весело за силата, силата и престижа.

"Изпълнението на железницата беше козът на правителството. Тя насърчи производството и маркетинга на нашето богатство. Рибарско градче вече подчертава на държавно ниво. Нейните области са станали посочени в много жанрове. Мимосо например се превърна в изключително важно търговско стратегическо място. Вече мога да видя всички ползи, от които ще мога да се възползвам в тази ситуация. Богатство, социално показно, политическа власт и неограничено командване. Враговете ми няма да имат отдих, защото ще се справя с тях с желязо и огън. Екипът ми вече е подготвен за бунтовниците. (Майор Квинтино)

"Що се отнася до Карабайс, железопътната линия не засегна финансите ни, само защото не реже нашия район. Правителствените техници видяха годни да го отклонят точно преди входа на селото. Почвата не беше подходяща за разгръщане на релси. Районът ни обаче е важен земеделски хъб. Нашите продукти се изнасят в съседни държави. Като полковник доминирам в региона и съм уважаван. Тези, които са мои врагове, няма да оцелеят много дълго.

"Създаването на железопътната линия в Санхаро беше важно, но не и единственият източник на доходи. Селското стопанство е силно, а ние се отличаваме на държавно ниво. Нашето мляко и нашите меса са първа класа и ни дават добри добиви. Що се отнася до враговете ми, аз се отнасям с тях по същия начин, както с теб. Трябва да поддържаме силата на Системата на полковника.

"Това е вярно. Тази система трябва да се поддържа за наше добро. Нагласяване на гласове, измама, мрежа от услуги... всичко това ни е от полза. Силата и силата ни идват от мъчения, натиск и сплашване. Бразилия е следната: Голяма структура на мощността, където оцеляват само най-силните. От югоизток, където доминират богатите кафе производители, до североизточните части, управлявани от господари на земята, системата е същата. Само имената и ситуациите се променят. Трябва да запазим хората тихи и да подадем оставка, тъй като това е най-доброто за нашите амбиции и цели. (Майор)

"Напълно съм съгласен и да запазим хората тихи и съгласни, че е необходимо да поддържаме действията си на жестокост, потисничество и авторитаризъм. Хората трябва да се страхуват от нас. В противен случай губим уважение и ползите си. Светът е несправедлив и трябва да сме част от малката част от населението, която е победител. За да спечелим е необходимо да убиваме, унижаваме и сваляме концепции и ценности и това ще направим. (Полковник от Карабайс)

Разговорът продължава развълнувано за жените, хобитата и други въпроси. Прекарват близо два часа в разговори. Майор Квинтино се издига, казва сбогом на останалите и си тръгва. Влакът, който отива за Рибарско градче до Мимосо, скоро си тръгваше.

Обратно вкъщи

Майорът се втурва обратно към жп гарата на Рибарско градче. Влакът е неподвижен в очакване на точния момент да тръгне. Отива в касата, купува билета, оставя бакшиш и се отправя към влака. Той се качва, оплаква се от забавянето на колекционера да му служи и сяда. Влакът сигнализира, че тръгва и майорът се фокусира върху плановете си. Вижда себе си като кмет на Рибарско градче, дясна ръка на губернатора и дядо на поне петима внуци. Децата на Кристин със зет, които той би избрал. Все пак човек се постига само ако може да се ожени за децата си. Влакът тръгва и взема заедно с него мечтаещата специалност.

Ритъмът на влака е доста редовен. Пътниците седят спокойно и удобно. Служител предлага сокове и леки закуски на пътниците. Майорът взима лека закуска, дъвче, и си представя колко добър е вкусът на победата и успеха. Беше отишъл на среща и се беше върнал с изпълнените си планове. Той би имал право на по-висок процент данъци и добра работа за дъщеря си. Какво повече може да иска? Той беше готов мъж, щастлив в брака си и имаше красива дъщеря. Той заема ранг майор на Националната гвардия, който е купил, и това му дава право политически да доминира Мимосо. Единственото нещо, което би го направило по-щастлив, би било, ако беше полковник, дясната ръка на Губернатора, и се ожени за дъщеря си за идеален зет. Това би се случило. Времето минава и влакът се приближава до малкия град Мимосо, избирателният му корал. Беше нетърпелив да дадеш новините на двете жени в живота си. Сърцето му се ускорява, а студен вятър удря тялото му, тъй като изведнъж влакът променя темпото си. Вероятно е нищо, мисли си сам. Ритъмът на влака се нормализира и той се успокоява. Мимосо се приближава все по-близо. За момент си мисли, че светът може да е по-справедлив и че всички трябва да са победители, точно както е бил. Опитва се да се отклони от тази мисъл. От детството научи какъв е животът и знаеше, че няма да се промени от една минута на друга. Освен това той все още носеше белезите на страданието си: наказанията на баща си, борбата с по-големите му братя, убийството, което беше извършил. Мозъкът му е запазил тези спомени непокътнати от онази епоха. Ако можеше, щеше да подхвърли тези спомени в боклука, далеч, далеч. Влакът подсвирква, сигнализирайки, че ще спре. Пътниците оправят косата и дрехите си. Влакът минава и всички слизат, включително майора.

Пристигането е отпуснато, а той е целият усмивки. Все пак се върна от Рибарско градче победител.

Съобщението

При слизането от влака, майорът се отправя към гарата, казва здравей на Риванио и пита дали всичко е наред. Той отговаря да и основните оферти сбогом и тръгва за къщата си. По пътя се среща с някои хора, а те говорят за образование. Той засилва стъпките си и след няколко минути е близо до резиденцията си. При пристигането си той влиза без церемония, и намира почистващата къща на Геруса и я изпраща да се обади на двете жени в живота си. Пристигат и го прегръщат и целуват. Майорът пита, че седят, и се подчиняват своевременно.

"Току-що дойдох от срещата, която имах в Рибарско градче, и новините не можеха да бъдат по-добри. Първо, ще получа по-висок процент върху данъците, които събирам. Второ, получих работата на събирача на данъци за любимата ми дъщеря Кристин. Мислиш ли?

"Сензационна. Горд съм, че съм съпруга на мъж с истински характер като теб. Ще станем само по-богати и по-мощни с напредването на времето.

"Радвам се за теб, татко. Не мислиш ли, че работата на събирача на данъци е малко мъжка за мен?

"Не си ли щастлива, дъще? Чудесна работа и с подходящо възнаграждение. Не мисля, че е работа на мъжа. Тя е позиция на високо доверие, която само вие можете да изпълнявате.

"Разбира се, работата е чудесна. Като нейна майка одобрявам безрезервни.

"ОК. Убеди ме. Кога започвам?

"Утре. Вашата функция е да наблюдавате и налагате официалния събирач на данъци, Клаудио, син на Пауло Перейра, собственик на бензиностанцията. Той е отговорен и честен, но сякаш историята казва, че възможността прави човека.

"Мисля, че ще е добре за мен. Чудесна възможност да се запознаеш с хора и да се сприятеля.

Майорът се оттегля и отива да се изкъпе. Кристин се връща към плетенето, което е правила преди баща си да пристигне и Хелена отива да дава заповеди на кухненската прислужница. На следващия ден ще е първият й ден на работа.

Първият работен ден

Започва нов ден. Слънцето грее, птиците пеят и сутрешният бриз обгръща бунгалото. Кристин току-що се беше събудила след дълбок и съживявал сън. Мечтата, която имаше предната вечер, я беше оставила дълбоко заинтригуван. Мечтаела е за манастира и монахините, на които се научава да се възхищава през трите години от живота си, посветени на религията. Участвали са в сватбата й. Какво означаваше това? Не беше в плановете й да се омъжи по това време. Беше млада, свободна и изпълнена с планове. Чувството й за самозащита извика вътре в нея. Не, тя наистина не беше готова за брак. Тя се простира тихо в леглото си и гледа на времето. Беше близо до 6:30. Тя става, прозява, и отива до тоалетната и стая със апартамент. Тя влиза, включва ръчна манивела, а студената вода я пренася в манастирските си времена. Освен това тя си спомня градинарят, който работел там и сина му, който я бил пленил. Те започнаха романтични игри и се разхождаха заедно и за нула време, тя беше открила, че е влюбена. Контактът й продължил със сина на градинаря, но един ден една от монахините ги хванала да се целуват. Беше проведена консултация с Началника на майката, бяха опаковани чантите на Кристин и тя беше изключена от манастира. На този ден тя почувства голямо облекчение. Облекчение от това, че вече не е лъжи себе си или на самия живот. Контактът със сина на градинаря беше разпуснат; тя го забрави и тръгва за вкъщи.

Майка й и баща й я поздравяват у дома с изненада. Тя разочарова майка си и даде нова надежда на баща си, който искаше да я види женена с деца. Времето мина и оттогава не се беше влюбила. Тя се научи да плете и бродира, за да мине по-добре времето. Сега е била наета като събирач на данъци от влиянието на баща си. Чувстваше се притеснена и нервна от новата ситуация. Тя изключва студената вода, сапуни нагоре и започва да си представя новия си сътрудник Клаудио. Освен това тя си представя едно висок, русо момче, пълно с татуировки. Харесва това, което вижда и продължава да се къпе. Тя почиства тялото си приблизително сякаш изваждаше примеси от самата си душа. По същия начин тя изключва кранче и си слага две кърпи: По-голяма на тялото си и по-малка на главата си. Тя излиза от стая със апартамент и отива в кухнята, за да закуси. Тя седи, сервира си малко торта, и поздравява баща си и майка си. Майорът започва да прави разговор.

"Развълнувана ли си, дъще моя? Надявам се да се справите добре в първия си работен ден. Ще научите много от Клаудио. Той е страхотен събирач на данъци.

"Да, такъв съм. Нямам търпение да се хвана на работа, защото плетенето и бродерията не са толкова забавни, колкото преди. Тази работа ще ми служи добре, въпреки че мисля, че е малко мъжествено.

"Отново, с това? Не виждаш ли, че нарани баща си с тези намеци? Той прави всичко за теб.

"Извинете, и двамата. Малко съм упорит с някои идеи.

Кристин завършва закуската си, казва сбогом с целувка по челата на родителите си и ходи до вратата. Отваря я и се отправя към бензиностанцията. По пътя съмненията ще я нападнат: Този Клаудио ще действа ли като пещерен човек? Ще я уважава ли на работа? Тя не знаеше нищо за него, освен че той беше син на Перейра и имаше две сестри: Фабиана и Патриша. Тя продължава да ходи и веднага щом се приближи до бензиностанцията, се чувства още по-тревожна и нервна. Не само това, но тя спира и диша малко. Тя търси вдъхновение във вселената, в природата и в затрудненото си сърце. Тя си спомня уроците, които е научила в манастира, монахините и техния обособен начин да видят живота. Това беше тригодишен период на духовно събиране, който сякаш нямаше смисъл сега. Тя беше на мястото да се срещне с нови хора, да започне нов занаят и кой знае дали това няма да промени начина й на виждане на хората и живота. Това би разбрала с времето. Тя продължава да ходи. Нова сила я освежава и изпълва съществото й и й дава допълнителен тласък. Тя трябваше да бъде смела, тъй като докато тя се изправи пред Майката Висшестояща на манастира си и призна истината: Че тя е напълно влюбена. Опаковали са й багажа, изритали са я и в този момент сякаш са взели гигантска тежест от гърба й. Тя се премества от столицата и сега пребивава в края на света без приятели и без никакви удобства. Тя би трябвало да свикне с това. Минават няколко минути и тя се приближава до бензиностанцията. Тя е само на няколко метра от нея. Тя поправя косата и дрехите си, за да направи добро впечатление. По същия начин тя диша за последен път, влиза и се представя.

"Аз съм Кристин Матиас, дъщеря на майор Квинтино. Търся Клаудио, събирача на данъци. Вкъщи ли е?

"Синът ми отиде да хапне набързо в ресторант тук наблизо. Ще изпратя вместо него. Това са дъщерите ми Фабиана и Патриша, а аз съм г-н Перейра.

Кристин ги посрещна с целувки по бузата.

"И така, вие сте известната Кристин. Не мога да повярвам, че дори още не съм те виждал. Много стоиш вътре и това не е добре. Е, отсега нататък можем да бъдем приятели и да се мотаем заедно. (Фабиана)

"За нас е голямо удоволствие да се запознаем. Ти, Фабиана и аз ще бъдем страхотни приятели, можеш да разчиташ на това.

"Благодаря. Също така много се радвам да се запознаем. Не излизам много, защото родителите ми контролират. Мислят, че дъщерята на майора трябва да е малко резервирана. Те са свръхзащита.

"Е, това ще се промени. Считай се за част от бандата ни. Ние сме най-лудите деца на блока. (Фабиана)

"Бандата ни е страхотна. Ще ви хареса да сте част от него. (Патриша)

"Благодаря, че ме покани да бъда част от вашата група. Мисля, че няколко връзки и приятели няма да ме наранят.

Разговорът продължи оживено известно време. Клаудио тихо се приближава и се изправя срещу Кристин. Очите им се заключват и сега като магия изглежда сякаш само двамата съществуват в цялата вселена. Сърцата и на двете забързаха при срещата и вътрешна топлина пътуват през двете тела.

"Баща ми ме извика тук. Искаш да кажеш, че ти си момичето, което ще ме надзор? Е, предполагам, че няма да се чувствам толкова неудобно.

Комплиментът остави Кристин малко шокирана. Никога не е намирала мъже толкова преки.

"Моето име е Кристин; Аз съм дъщеря на майора. Аз съм новият ти партньор на работа. Може ли да започнем? Очаквам го с нетърпение.

"Да, разбира се. Казвам се Клаудио. Точно навреме сме да започнем работа. Първото търговско заведение, което ще посетим днес е месарницата. Минаха три месеца, че собственикът не е платил данъци и трябва да го притиснем за това. Мисля, че присъствието ти ще помогне.

"Да тръгваме тогава. Беше удоволствие да се запознаем, Фабиана и Патриша. До скоро.

Двамата размахват ръцете си в сбогом. Клаудио и Кристин заминават заедно към месарницата. Мислите на Кристин се издигат интимно и тя се чувства като глупак, че е идолизирала Клаудио толкова много. Той не беше нищо, както тя си беше представила, но той беше раздвижил нещо вътре в нея. Чувството, че тя трябваше да го опознае, беше като нищо, което някога е изпитвала. Какво беше? Тя не можеше да го определи, но беше нещо силно и трайно. Двойното платно една до друга и Клаудио се опитва да започне разговор.

"Кристин, разкажи ми малко за себе си. Ти си от Ресифи, нали?

"Не. Живях в Ресифи десет години. Аз съм от Алагоас. Детството ми беше почти изцяло прекарано там.

"Някога имал ли си гадже?

"Имах една, но беше преди известно време. Щях да стана монахиня. Прекарах три години от живота си в клозет манастир, опитвайки се да намеря смисъл за живота си. Когато осъзнах, че нямам призвание, което оставих, и се върнах в къщата на родителите си.

" който се пише за било чудесно разхищавано, ако беше монахиня, с цялото ми уважение. Нищо против религията освен даването на себе си на Бог не изисква твърде много от човек.

"Е, това е всичко в миналото. Трябва да се съсредоточа върху новия си живот и задълженията си.

Приказките внезапно спират и двамата продължават да ходят. Идването и отиването на хора е постоянно в района на центъра. Мимосо се беше превърнал в регионален търговски център след имплантацията на железницата. Хората дойдоха от целия регион, за да посетят и пазаруват в магазините му. Месарницата е наблизо, а Кристин едва се сдържа. Тя не знаеше как да действа. В края на краищата тя беше дъщеря на майора и трябваше да дам пример. Работата на събирача на данъци би я изложила много. Накрая пристигат и Клаудио се обръща към г-н Хелио, собственика на магазина.

"Г-н Хелио, дойдохме тук, за да съберем от вас трите месеца данъци, които дължите. Градът се нуждае от вашия принос, за да инвестира в образование, здраве, и канализация. Извършете дълга си като гражданин.

"Не съм ли ти казвал, че съм разорен? Бизнесът тук не е бил добър. Трябва ми отслабване, за да ти платя."

"Няма да приема повече извинения и ако не платите, ще имате проблеми. Виждаш ли това момиче с мен? Тя е дъщеря на майора. Той не е доволен от вашите по подразбиране. Най-доброто, сър, би било да платите дълговете си."

Хелио помисли за момент какво да прави. За кратко той поглежда Кристин и се убеждава, че тя е дъщеря на майора. Отваря чекмедже, изкарва вата пари и плаща. И двамата му благодарят и се оттеглят от заведението.

Утрото е прекарано в работа. Двете посещават домове и бизнеси. Някои данъкоплатци отказват да платят претендиране за липса на капитал. Кристин започва да се възхищава на Клаудио за професионализма и увереността си. Утрото минава и денят свърши. Двамата се сбогуват и че ще се върнат на работа отново заедно след петнадесет дни.

Пикникът

Слънцето напредва на хоризонта и загрява още повече, както е след обяд. Движението намалява, фермерите влизат от фермата, шайбите пристигат с товарите си, че мият в река Мимозо, държавните служители са освободени, производителите на дантела получават почивка на работа и всеки може да обядва. Кристин не се различава от останалите и се връща у дома в момента. Тя пристига, отваря вратата и се отправя към главната кухня. Родителите й вече присъстват, а Геруса сервира обяд.

"Помилвай ни, че не чакаш да сервираш обяд, дъще моя, но пристигнах уморена и гладна, защото бях на бизнес среща. Смяната на темата, как мина първият ти работен ден? (Майор)

"Няма нужда да се извиняваш Първият ми работен ден беше дълъг и изморителен. С Клаудио се мъчим да убедим данъкоплатците да платят. Някои обаче са станали твърди в позициите си. Като цяло работата беше добър ден, защото научих много. Просто не съм сигурен, че искам да го правя до края на живота си.

"Кажете на Клаудио, че искам подробностите за тези, които не са платили. Аз съм майорът и няма да разбирате повече закъснения.

"Срещна ли някого, дъще? Сприятелявам се? (Елена)

"Да, няколко човека. Сестрите на Клаудио са доста мили.

Геруса служи на Кристин и тя започва да яде. През това време е останала тиха, защото е възпитана по този начин. Геруса се оттегли от кухнята и се отправи към каютата си извън къщата. Трите глави на домакинството останаха, имайки храната си. Кристин завършва обяда си, става от масата и се сбогува с родителите си с целувки по бузите. Тя се отправя към балкона на къщата, където е добре проветрива и готина, за да може да плете. Тя вдига концете си и започва да плетиво. Движението на пъргавото й ръце я отвежда в мистериозни светове, където само въображението може да достигне. Вижда се да излиза с мъж със силни, мускулести рамене, и твърда позиция. Тя си представя годежа и последващия си брак. В този момент вътрешно мъка я наказва и мъчи. Моментът минава и тя вижда себе си като майка на три красиви деца. Във въображението си времето минава бързо и тя вижда себе си като баба и прабаба. Смъртта идва и тя вижда себе си в рая, заобиколена от ангели и от нашия Господ, Бог Христос. Нейните пъргави ръце работят, и, за момент, тя признава в кърпата, която е тя е плетене на лицето на познат човек. Разклаща си главата и илюзията минава. Какво се случваше с нея? Беше ли луда, или дори вероятно влюбена? Тя не искаше да вярва в тази възможност. Тя продължава да работи, докато не чуе името си изразено с невероятна интензивност. Тя се връща на входа на градината на къщата си, откъдето беше чула гласа. Тя разпознава Фабиана, Патриша и Клаудио, придружени от някои други млади хора.

"Може ли да влезем, Кристин?

"Да, може. Разполагай се.

Имаше точно шестима младежи, които влязоха в градината на къщата. Качиха се по доведените стълби, които дадоха достъп до балкона и се срещнаха с Кристин. Фабиана се грижеше да направи представяния на неизвестните приятели.

"Това е братовчед ми Рафаел, а това са приятелите ми Талита и Марсела.

Кристин ги посрещна с целувки по бузата.

"Приятно ми е. Ако сте приятели на Фабиана, тогава сте и мои приятели.

"Удоволствието е изцяло мое. Клаудио говори високо за теб. (Рафаел)

"Е, Кристин, дойдохме тук, за да те поканим на хубава разходка до върха на планината Ор Ороруба. Ще си направим пикник на открито. Контактът с природата е от съществено значение за хората да еволюират и да се освободят от кармата си. (Клаудио)

"Искаш ли да отидеш, Кристин? Вие сте вътре много и това не е добре. (Фабиана)

"Настояваме. (Всички те повтарят)

"ОК. Аз ще отида. Убеди ме. Чакай само минутка, че ще кажа на родителите си.

Кристин влиза в къщата за момент, но скоро се завръща. Тя се среща обратно с групата и заедно те се съгласяват да направят пътуването до мистериозната планина Ор Ороруба, свещената планина. Седемте започват да ходят. Кристин наблюдава Клаудио и заключава, че той е типичният селски човек: Силен, уверен и изпълнен с чар. Първият ден, в който работеха заедно, направи добро впечатление, но тя все още не знаеше какво чувства към него. Тя просто знаеше, че това е силно и трайно чувство. Е, пикникът беше шанс да го опознаем по-добре, мисли тя. Седемте се ускоряват и скоро са в подножието на планината. Клаудио, лидерът на групата, спира и моли всички да направят същото.

"Важно е да се ние пием вода сега, за да нямаме проблеми по късно. Разходката е дълга и изчерпателна. (Клаудио)

"Чух, че тази планина е свещена и има магически свойства. (Талита)

"Истина е. Легендата разказва, че мистериозен шаман е дал собствения си живот, за да спаси народа си. От тогава нататък планината Ороруба станала свещена. Казват също, че духовен прототип назовал пазителя на планинските стражи всичките му тайни. (Фабиана)

"Това не е всичко. На върха му се намира величествена пещера, за която се казва, че може да изпълни всяко желание. Мечтатели от цял свят го търсят, за да получат чудесата му. Въпреки това, доколкото знаем, никой не го е оцелял. (Патриша)

"Тези истории ме изнервят. Няма ли да е по-добре, ако се върнем? (Кристин)

"Не се тревожи, Кристин. "Те са просто истории. Дори да беше истина, щях да съм тук, за да те защитя. (Клаудио)

"Клаудио не е единственият. Аз също съм мъж и съм готов да ви помогна, ако имате нужда. (Рафаел)

"Ами аз? Никой не ме защитава. Аз също съм язовир в беседа. Ранен съм. (Марсела)

Рафаел се приближава до Марсела и я прегръща като знак, че няма от какво да се страхува. Всички пийте вода и започнете разходката. Кристин напредва малко по-нататък и се поставя до Клаудио, отпред. Чувствала се е несигнална, след като е чула информацията за планината. Тя мисли за планината, пазителя и пещерата. Интимно тя вижда как влиза в пещерата и осъзнава най-голямото си желание в този момент. Тя също беше мечтател като толкова много хора, които бяха загубили живота си в пещерата в търсене на мечтите си. Е, беше необходимо да държи краката си на земята, в сурова реалност тя беше дъщеря на майора и това ограничи свободата й на действие доста по отношение на приятели, обича и желания. Сравнително тя се чувстваше по-свободна в манастира от сега. Клаудио дава ръка на Кристин, за да й помогне по пътя нагоре, защото вижда, че се бори. Умът на Кристин се състезава и тя смята, че би било добре да има приятел, който да подкрепя и да бъде безопасно и честен към нея, приятел като Клаудио. Тя разклаща главата си и се опитва да се отклони от мисълта. Беше невъзможно, защото баща й нямаше да позволи този вид съюз. Той беше прост събирач на данъци, а тя беше дъщеря на специалност. Те живееха в съвсем различни светове. Групата спира още веднъж, за да се освежат отново. Топлината е силна и има малък вятър. Бяха на половината път.

"Оттук е възможно да се види добра част от Мимосо. Виждаш ли, Кристин? Ето я къщата ти. (Клаудио)

"Гледката оттук е наистина привилегирована. Мисля, че върха е още по-зашеметяваща. Планина на Мимосо дори не изглежда голяма от тази гледка. (Кристин)

"Мисля, че е най-добре да продължим. Няма смисъл да стоиш тук горе за дълго време. (Фабиана)

"Съгласен съм и. По този начин можем да отнемем повече време на върха, която е най-важната част от планината. (Рафаел)

Повечето са съгласни за продължаване на разходката. В края на краищата беше минало 13:00 PM Кристин вече се почувства малко уморена. Изкачването на планина е изключително изтощително за всеки, който не е свикнал да го прави. Тя си спомня постоянните предизвикателства, на които е била подадена в манастира, но нито едно от тях не беше като да се възкачиш на планина, за която всички бяха казали, че е свещена. Тя събира сила в дълбочината на душата си и се опитва много усилено, така че никой да не забележи нейната трудност. Клаудио й се усмихва и това я изпълва със сила, защото за него тя би надминала всяка пречка. Любовта, тази странна сила, е свързала двете дори без никакъв физически контакт. За него, ако имаше възможност, тя щеше да се изправи срещу настойника и да влезе в пещерата, за да реализира мечтата си да се присъедини към него през цялото време, когато трябваше да бъдат заедно в живота. Дори и да струваше живота й. Все пак, какво значение има животът, ако не сме с тези, които наистина обичаме? Празният живот е като никакъв живот. Групата напредне по-нататък и се приближава към върха. Клаудио се опитва да го прикрие, но е изцяло привлечен от красотата и благодатта на Кристин. От момента, в който срещнаха нещо, се промени в самото му същество. Не можеше да яде правилно или дори да направи нищо, без да мисли за нея. Мисли колко благоприятна е била преместването на семейството й от Рибарско градче в процъфтяващото село Мимосо. Той мисли колко съдбата е била щедра да е събрала двамата на практика в една и съща работа. Пикникът би бил чудесна възможност може би да ухажва момичето. Имаше надежди да бъде приет въпреки различията между тях. Трудностите, главно предубедените й родители, бяха пречки, които биха могли да бъдат преодолени. В крайна сметка групата достига върха и всички празнуват. Сега остана само да намерим добро място за пикник. Членовете на групата се разделят на три по-малки групи, за да намерят най-подходящото място. Минават няколко минути и една от групите дава сигнал, свистящ. Мястото беше избрано. Цялата група се събира отново и пикникът е устроен. Всеки член на групата допринесе с нещо за банкета.

"Усещаш ли го, Кристин? Пеенето на птиците, лекият шепот на вятъра, селската атмосфера, бръмченето на насекоми, всичко това ни води до места и самолети, които никога не са посещавали. Всеки път, когато идвам тук, се чувствам като важна част от природата, а не като да я притежавам, както някои мислят. (Клаудио)

"Много е хубава. Тук, в природата, се чувствам като обикновено човешко същество, а не дъщеря на майор и не можеш да си представиш колко хубаво се чувства това. (Кристин)

"Наслаждавай се, Кристин. Не всеки ден можеш да го направиш. Предразсъдъци, страх, срам, всичко това нарушава ежедневното ни. Тук можем да забравим това, поне за момент. (Фабиана)

"В този див зелен оттам можем да усетим, видим и напълно да разберем вселената. Това чудо се случва, защото планината е свещена и има магически свойства. (Талита)

"Също така искам да заявя мнението си. Ние сме седем младежи, които търсят какво? Ще отговоря на себе си. Търсим приключения, нови преживявания, приятелства и дори любов. Това обаче е възможно само ако сме в мир със себе си, с другите и с вселената. Именно този копнее за мир, който намерихме тук. (Рафаел)

"Тук всичко е учебен опит. Ритъмът на природата, компанията на всички вас и този чист въздух са уроци, които трябва да вземем със себе си за нашите деца и внуци. (Марсела)

"Всичко това е голямо причастие за мен. Причастие от духове, което ни кара да надхвърляме много етапи от живота си. (Патриша)

В края на краищата, дайте мнението си за това, което са чувствали в онзи магически момент, в който започват да служат на себе си. Уютната среда ги накара да мълчат през цялото хранене. След целия завършен обяд Клаудио обяви:

", Кристин, не дойдохме само да си направим обикновен пикник. Ще организираме лагер и ще прекараме нощта тук.

Кристин, за момент, промени цвета си и всички се засмяха. Тя беше единствената в групата, която не знаеше.

"А? А какво ще кажете за опасностите на планината? Баща ми ще ме убие, ако пренощувам тук. Мисля да тръгвам.

"Съветвам те да не ходиш. Настойникът сигурно дебне, чакайки най-добрия шанс да атакува. (Фабиана)

"Не се тревожи, Кристин. Не казах ли, че ще те защитя? Що се отнася до баща ти, не се притеснявай, той знае, че ще прекараме нощта тук. (Клаудио)

Кристин се успокоява. Ще е по-добре, ако остане с групата, защото не познава планината и нейните загадки. Наистина би било страшно там съвсем сама. Кой знае какво може да се случи? По-добре беше да не рискуваме. Следобедът напредва и всички си сътрудничат в хвърлянето на две палатки. Готови са за нула време. Клаудио и Рафаел излизат да търсят дърво, за да запалят огън, с цел да гонят диви животни, обитавали региона. Жените са сами в лагера, разчиствайки земята около палатките.

"Чудесно е да дойдеш тук, Кристин. Вечерта цялото това място е още по-красиво. След вечеря ще видите: Това е пълен взрив. Кажи ми, това не е ли по-добре от това да останеш вкъщи? (Фабиана)

"Аз също се наслаждавам, но трябваше да ме уведомиш, че щеше да лагеруваш тук. Бях доста изненадан. (Кристин)

"Забелязали ли сте как Клаудио я гледа и обратното? Мисля, че двамата са влюбени. (Талита)

"Очите ти ти играят номера, Талита. Няма нищо между Клаудио и аз. (Кристин)

"Аз, от една страна, ще бъда много щастлив да ти бъда снаха. (Патриша)

"Аз съм с теб на това. (Фабиана)

"Благодаря, вие, момчета. Но за съжаление е невъзможно. (Кристин)

Кристин, за момент, изглеждаше сериозна и спряха с намеците. Клаудио и Рафаел се връщат с цялата дървесина, необходима, за да запалят лагерния офанзива цяла нощ. Клаудио поглежда Кристин и изглежда кореспондира. Следобедът напредва и се стъмва. Пожарите осветяват околностите с спускането на нощта. Всички се събират около него и вечерята се сервира от Фабиана и Патриша. Всеки яде и говори малко. Клаудио се отдалечава от групата и когато получи определено разстояние, прави предложение Кристин да го придружи. Тя хваща сигнала и се отдалечава от групата.

"Какво ще правим, Кристин? Аз и ти, заедно, обмисляйки тези звезди. Изглежда са свидетели на това, което и двамата чувстваме. Мисля, че не само те, но и цялата вселена го усещат.

"Знаеш, че това е невъзможно. Родителите ми не биха позволили. Много са предубедени.

"Невъзможно? Казваш ми го, тук, в тази свещена планина? Тук нищо не е невъзможно.

"Но, но... ...

"Не казвай и дума повече. Нека сърцето ти крещи на глас, като моето.

Клаудио стъпи напред малко и прегърна Кристин. Нежно, той изви ръката си малко около лицето й и търпеливо докосна устните на Кристин със собствените си. Целувката раздвижи Кристин и за момент, тя почувства, че върви в ефир. Множество мисли са проникнали в ума й и са обезпокоявали целувката й. Когато свърши, тя се отдръпва и казва:

"Още не съм готов. Прости ми, Клаудио.

Кристин бяга и се връща в групата. Клаудио отива с нея. горящ огън се пропуква и всички се събират около него, защото студът е интензивен. Рафаел стои до огъня, готов да разкаже ужасни истории за планината.

"Някога е имало мечтател от малък град, наречен Триумф, в земляк на Паджу. Казваше се Еулалио. Мечтата му е била да стане бандит и да събере собствената си банда, за да извърши престъпления, да събере богатства, да има социална сила и показ и с това също да очарова и съблазни много жени. Той обаче нямаше смелостта и решителност, необходими за това. Едва можеше плъзнете меч. В своята земя той беше чувал за свещената планина Ороруба и чудотворната й пещера, способна да изпълни всяко желание. Като чул това, той не се замислял и опаковал, за да направи желаното пътуване. Той пристигна в планината, срещна пазителя, завърши предизвикателствата и най-накрая влезе в пещерата. Въпреки това, сърцето му не беше напълно чисто и желанията му не бяха праведни. Пещерата не му простила и унищожила живота и мечтите му. От тогава нататък душата му започна да се скита от болка в планината. Казват, че веднъж е бил видян от ловци точно в полунощ. Беше облечен като бандит и носеше голям пистолет, който изстреля куршуми от духове.

"Искаш да кажеш, че е станал смел след смъртта си? След това пещерата, отчасти, извърши мечтата си. (Талита)

"Не съвсем, Талита. Пещерата унищожи живота на мечтателя и вместо това остави само душата си с предметите на желанието си. Освен това, той е изгубена душа, заседнала в страдание. (Фабиана)

"Това е само история. Има безброй мечтатели, които опитаха късмета си в пещерата и досега, никой от тях не успя да оцелее. Поради тази причина се нарича пещерата на отчаянието. (Рафаел)

"Не бих влизал в онази пещера за нищо. Мечтите ми ще се случат с планиране, настойчивост, отдаденост и вяра. (Марсела)

"Бих отишла от любов. Все пак не можеш да живееш без да поемаш рискове. (Кристин)

"Винаги романтичното. Кристин е влюбена, хора. (Патриша)

Всички се смеят, освен Клаудио. Той все още се той се ядоса и нараняваше, защото по начин, по който беше отхвърлен от Кристин. Той беше отворил сърцето си и чувствата си; обаче не беше достатъчно да я убедим в любовта му. Беше говорила за предразсъдъци от родителите си, но беше предразсъдъците. Мъката, която изпитваше в долната част на гърдите му, го накара да пътува назад във времето, за да си спомни епизод, който се беше случил преди две години, когато живееше в Рибарско градче и излизаше с красива руса, дъщерята на кмета. Излизали скрити три месеца, защото се страхувала от реакцията на родителите си. Един ден бащата разбра и не беше доволен. Наел е двама лакей да го камшик и да го шамаросат наоколо. Това беше побой, който никога няма да забрави. Така се чувстваше сега: Пляскаше, бита и не от родителите й, а от нея и собствените й предразсъдъци. Той обаче не би се отказал толкова лесно от живота и собственото си щастие. Той би показал на Кристин стойността си и тя би разбрала колко е било глупаво да загуби ценно време.

Нощни падания и всички се готвят да спят в палатките си. Огънят се държи запален, за да ги предпази от пороните животни на планината. Въпреки това, вой могат да бъдат чути от определено разстояние. Кристин се раздвижи от едната страна на другата, опитвайки се да контролира страха си. За първи път беше спала на свещено място. Твърдата земя я притесняваше дори повече, отколкото мислеше, че ще стане. Виенето продължава и в този даден момент се чува и шумът от стъпките. Кристин държи дъха си в отчаяние. Може ли да е Крадецът призрак? Или може би див звяр, готов да я погълне? Звуците на стъпките идват в нейната посока. Силен вятър удря палатката и мистериозна ръка се появява в капака на вратата. Тя е готова да крещи, но мъжът, който се появява, казва:

"Отпусни се, аз съм.

Кристин се успокоява и се затруднят от плашенето. Тя разпознава гласа. Беше Клаудио. Но какво е правил в палатката й в такъв час? Нейното отброяване, засенчено от тъмнината на нощта, отразяваше това съмнение. Клаудио руши надолу и пита:

"Наминах да те попитам дали си пожелал.

"Пожелай си? Какво желание?

"Планината е свещена и в полунощ ще даде желание на влюбените сърца. Направил съм моята и знаеш ли какво? Помолих планината да ни събере в любов завинаги.

"Вярваш ли в това? Едва ли някоя планина ще промени плановете на баща ми.

"Вече ти казах, планината е свещена. Вярвай ми. Може да сбъдне мечтата ни.

Това каза, Клаудио се присъединил към ръцете си с Кристин и двамата затворили очи. Точно тогава двете сърца се потопиха в паралелен самолет, където и двамата бяха щастливи и свободни. Кристин се е видяла омъжена за него и като майка на поне седем деца. Моментът беше достатъчен, за да могат те да се чувстват като едно, свързани с вселената. Течението беше счупено; Клаудио се сбогува и Кристин се опита да заспи на твърдия, сух под.

Спускането от планината

С разсъмването на новия ден Клаудио се издига и започва да събужда останалите. Кристин е последната, която се издигна. Клаудио и Рафаел се ровят в гората, за да хванат малко риба в езерце наблизо. Щеше да е тяхната закуска. Междувременно жените се опитват да запалят огъня с останалата част от останалото дърво. Фабиана нарушава тишината.

"Спи добре, Кристин?

"Не много добре. Тази твърда, суха земя нарани гърба ми. Все още боли. (Кристин)

"Това е животът на скаута за теб. Пригответе се, защото все още имаме много приключения. (Талита)

"Хареса ли ти разходката, като цяло? (Патриша)

"Да, хареса ми. Планината диша въздух на спокойствие и мир. Обичах контакта с природата и компанията ви. (Кристин)

"Насладихме се и на това, въпреки че това не ни е за първи път. Сега си част от екипа ни. (Патриша)

"Уреди ли нещата с Клаудио снощи? (Талита)

"Решихме да не започваме връзка, защото живеем в напълно различни светове. (Кристин)

"След време ще се разберете. Любовта е по-силна от различията и както казах, ще се радвам да ти бъда снаха. (Фабиана)

"Аз също. (Патриша)

"Завиждам ти. Клаудио е толкова сладък. Жалко, че не се интересува от мен. (Талита)

Разговорът продължи оживено сред жените, но Кристин предпочиташе да не бъде част от него. Говорейки за любовта си, Клаудио, нарани душата й, защото сякаш ще бъде невъзможна любов. Познавала е родителите си добре и е знаела, че ще са напълно против този вид отношения. Майка й все още се люлеела с надежди, че ще се върне в манастира и баща й искал да я види омъжена за съпруг от социалното им ниво. И двата варианта изключват Клаудио от живота й, но в същото време сърцето й копнее за него; тя искаше само него. Това бяха двете й "противникови сили", които тя ще трябва да съгласува, или дори да избира между тях. Тези "противоположни сили" нахлуха в сърцето й и все още я оставиха под съмнение. Около тридесет минути след като си тръгнаха, Клаудио и Рафаел се връщат с приличен брой риби. Огънят вече беше запален, а рибата се поставя на скарата. Рибата е напълно изпечена и разпределена между членовете на групата. Клаудио казва:

"Бяхме на риболов и изведнъж се появява старица, която иска някаква риба за яденето си. Дадох й ги и в благодарности тя ме благослови и каза, че ще бъда много щастлив. Не познавах тази дама. Никога не съм я виждал около тези части. Тя имаше този поглед в окото си, който ме заинтригува сякаш познава бъдещето.

"Може би тя е пазителката? Легендата не казва ли, че тя живее тук, в планината? (Фабиана)

"Може да е. Така си и мислех, когато я видях. (Рафаел)

"Тогава имаш голям късмет, братко мой. Малко са хората, които могат да постигнат щастие. (Патриша)

"Беше наистина странна. Почувствах смразяване, когато й дадох рибата. (Клаудио)

"Практичен съм. Дори вярвам, че планината е свещена от преживяванията, които съм живял тук. Но след това да вярваме в настойниците и в пещерите, които извършват чудеса, е много земя за покриване. Скоро ще се опиташ да ме убедиш, че има духове и таласъми. (Талита)

"Ако бях на твое място, нямаше да се съмнявам. Клаудио е сериозен човек и не е лъжец. (Марсела)

"Аз също му вярвам. В манастира ме научиха да съдя хората по очите им и Клаудио беше напълно искрен, когато говореше за настойника. Той наистина е привилегирован, че я е срещнал. (Кристин)

Мълчанието царуваше в онези следващи моменти около лагера и членовете на групата приключиха с яденето на рибата си. Клаудио и Рафаел разбиха палатките и жените събраха предметите, които бяха донесли. Групата се срещна в молитва благодарни за моментите, които живееха в планината и започнаха разходката обратно към селото, където живееха. Клаудио нежно предложи ръката си на Кристин и тя прие. Спускането от планината беше опасно за начинаещи. Физическият контакт с Клаудио направи сърдечния скок на Кристин още повече. Този мъж я правеше толкова луда, че почти забрави социалните конвенции, когато беше с него горе в планината. Те бяха моменти, които имаха силата да я отведат в паралелни самолети, където никой не можеше да я достигне. Беше се почувствала щастлива в тези моменти. Въпреки това, по пътя надолу по планината, тя ще трябва да изостави мечтите си за фантазия и да се изправи срещу суровата реалност. Реалност, в която е била дъщеря на корумпиран, авторитарен и непреклонен майор. Като изключим това, тя живееше за моментите, когато Клаудио я държеше и я целуна. Кристин стиска ръката на Клаудио със сила, за да се увери, че наистина присъства там, до нея. Тя вече беше загубила баба си и дядо си и нямаше да може да поеме още една загуба. Групата се спуска от върха и вече е ходеше половината от разстоянието по стръмните планински пътеки. Клаудио, лидерът на групата, спира и моли всички да направят същото. Всички пийте вода и продължете да ходите. Кристин мисли за майка си и за промяна на местоположението, което би получила, защото беше прекарала целия ден далеч от дома. Тя се отнасяше с нея като с дете, неспособни да изберат свой собствен път. По своето влияние тя е влязла в манастир и е прекарала три години от живота си като отшелник. Тя беше допусната само на придружени разходки и само с разрешение на Началника на майката. За това време тя щяла да научи латински и основите на християнската религия. Културата и знанието бяха единствените положителни неща, които излязоха от престоя й там. Най-вече беше пропиляна част от живота й, защото нямаше желание да бъде монахиня. Беше уморена да бъде доброто момиче и послушна, тъй като това само донесе загубите й. "Противоположните сили", които тя носеше в себе си, трябваше да бъдат решени. Групата ускорява темпото си и за кратко време пътуват чак до вкъщи. Сбогуват се един с друг и всички се връщат по домовете си.

Злоупотребите на майора

Приемът на Кристин мина гладко. Нито един от родителите й не се оплакваше, че е прекарала нощта на свещената планина. В края на краищата, тя не беше била сама. След разговор с родителите си, тя се изкъпа, разпускайки се в стаята си, и заспа, докато се чувстваше изтощена. Майорът и жена му са във всекидневната, говорят. Чува се пляскащ шум и Геруса своевременно отива до вратата, за да го отвори. Ленис, фермер, чака да присъства.

"Как мога да ви помогна?

"Искам да говоря с майора. Много е важно.

"Обади се. Той е във всекидневната.

Ленис влиза и отива в хола.

"Г-н майоре, исках да говоря с вас, сър. Става въпрос за новородения ми син, Хосе.

"Ами той? Бащата не иска да поеме отговорност. Имаш ли нужда от помощ, за да го отгледаш?

"Не, нищо от сорта. Иска ми се вие, сър, да бъдете Кръстникът на неговото кръщение.

"Какво? Кръстник? Към кое важно семейство принадлежиш?

"Аз съм Силва и работим в селското стопанство.

"Невъзможно е. Нямаше да съм приятел на прост член на семейство Силва, дори да бях последният мъж на Земята. Трябва да се проверите, преди да дойдете тук с такива искания.

"Г-н майор нямате сърце.

Бедната жена, в сълзи, се маха от стаята и си тръгва. Мечтаела е да бъде приятелка на майора точно както мнозина от селото. Синът й щеше да има още много шансове да расте, ако беше кръщелник на майора. Той би имал достъп до образование, здравеопазване и достойна работа, защото всичко в онова село зависи от влиянието на майора. Всички, без изключение, искаха връзката с него да има тези привилегии. Онези, които не можеха да изпадне в свят на нещастие и страдание.

След като прогони фермера, майорът се подготвя да отиде в полицейския участък. Жена му Хелена изправя дрехите си.

"Видя ли това, жено? Какво несъвършенство! Майор от стойността ми не може да бъде приятел на обикновена Силва.

"Тези хора тук умират да ти бъдат приятели. Златотърсачи!

"Ако бяха поне търговци, щях да го взема. Виждал ли си някога нещо подобно? Майор, приятели с фермери.

"Радвам се, че я постави на мястото й. Не мисля, че още фермери ще се осмелят да дойдат тук.

Майорът се сбогува с жена си с целувка. Започва да ходи, отваря вратата и си тръгва. Концентрира се върху това, което ще направи. Откакто се е заклел официално от кмета като основна политическа власт в региона, той все още не е взимал активни решения. Фигурата на "хубавия" майор вече го досадеше. Трябваше да се засили, за да бъде уважаван от други власти. Майорът и полковникът имаха ключови роли в консолидирането на несправедлива структура, наречена "групата на господарите на земята", която царуваше по това време. От тази несправедлива структура те се веселяха във властта и конкурса. Майорът продължава да ходи и скоро вече приближава станцията. Той е напълно убеден в това, което предстои да направи. Той научава, в следа си детство в Масейо, как да взема решения своевременно и признава, че сега е най-доброто време. Той вдига темпото, за да избегне съжаление и вина. Пристига в полицейското управление, отваря входната врата и обявява:

"Делегат Помпей, трябва да обсъдим важен въпрос.

Майорът доставя списък на делегата в своята камара.

"Какво е това?

"Това е пълният списък на всички измамник данъкоплатци. Няма да толерирам повече забавяния и настоявам вие, сър, като делегат, да се справите с това.

"Даде ли им удължаване на плащането?

"Да, направих всичко по силите си. Събирачът на данъци, Клаудио, ми каза, че дават куци извинения, за да не платят.

"Не виждам какво мога да направя. Законът не ми позволява да предприема никакви действия.

"Трябва да ви напомня, г-н Помпей, че вашият скъп пост делегат ще бъде изложен на риск, ако не предприемете допълнителни действия. Законът, който познавам, служи на най-силните и като майор ви казвам незабавно да закриете всички тези негодници и да не ги освободите, докато не си платят дълговете.

Делегат Помпей се разтърси и се обади на двамата си офицери да започнат да арестуват жертвите. Майорът е удовлетворен, защото исканията му се удовлетворяват. Това би било първото от многото произволни актове, които той би взел като най-голямата фигура на политическите авторитети в региона.

Маса

Беше прекрасна неделна сутрин. Камбаните на параклиса се разчуха, обявявайки неделната литургия. В жилетката отец Чиаварето се подготвя за още едно празненство. Чиаварето е бил официалният свещеник на Мимосо. Първоначално от Венеция, Италия, син на семейство от средната класа, той е бил ръкоположен през 1890 година. Свещеническата му дейност започва в родната му земя през същата година от ръкополагането му и продължава до 1908 година. Тази година, чрез определяне на епископа на Венеция той е официално прехвърлен в Бразилия. Неговата мисия е била да разпространява Евангелието и да евангелизация онези, които се запазват в езическия живот. За две години усилена работа той бе постигнал напредък в малкото село. Въпреки това, една от целите, които трябва да бъдат постигнати, беше да се получи по-голям брой на маса. В началото, когато пристигнал в селото, присъствието на населението на маса било по-голямо. С течение на времето хората губят ентусиазъм само защото масата, извършена от Чиаварето, е изцяло на латински. Това беше официална определението на Църквата по това време.

Преди да започне тържеството, свещеникът отнема момент на размисъл. Времето във Венеция му дойде на ум и той си спомни съдбата на всеки от братята и сестрите си. Един от тях реши да бъде войник в армията и напусна, за да създаде интегриран фронт на мира в друга страна. Той винаги беше склонен да защитава другите деца. Една сестра си тръгна, за да стане монахиня, а друга омъжена и имаше четири деца. Двамата следваха противоположни пътища в живота си, но нито забравиха другия, нито спряха да бъдат приятели. И двамата са живели във Венеция, Италия. Той стана свещеник, но не по избор, а чрез знак на съдба. Той беше призован от Бог. Случващите се, които го накараха да реши да стане свещеник, бяха следните: Когато беше дете, той си играеше тихо с един от приятелите си на мост, който седи точно над река. Играта, която играеха, беше таг. Развълнуван над играта, той се изкачи през парапета на моста, за да се измъкне от опонента си. Краката му трепереха, замая се и направи фалшива стъпка падна точно в реката. Течението беше силно, тъй като реката беше напълно наводнена. Чиаварето се опита да плува, но нямаше опит във водата. Постепенно потъваше, а приятелят му просто гледаше, защото и той не знаеше как да плува. В този момент наоколо нямаше възрастни. Малко по малко, Чиаварето той беше победен сила и съзнание. Когато почувства, че е близо до края си, той призова святото име на Бог. Бързо той почувствал мощна ръка, която го държала и глас казващ:

"Педро, не се страхувай!

Това беше името му: Педро Чиаварето. Могъщата ръка го вдигна и излезе от водата. Когато го спасиха, на брега на реката мистериозният човек изчезна. От този ден педро Чиаварето се посвещава единствено на религията и става свещеник. Това преживяване беше тайната му, той не каза на никого.

Моментът на размисъл минава и свещеникът се отправя към олтара. Той разглежда събранието и проверява, че е същият точен състав на хората, както винаги: Богатите и мощните, седящи в най-добрите местоположения и по-малко щастливите в останалите. Този тип разделение го затрудни, защото беше точно обратното на наученото в Семинара. Хората са равни пред Бог и имат същото значение. Това, което отличава човешките същества и ги прави специални, са техните таланти, завладяващ и други качества. Дори и да е така, той не можеше да направи нищо. С провъзгласяването на Републиката и Конституцията от 1891 г. е имало официално разделение на църквата и държавата. Бразилия става, от този момент нататък, съставна страна без официална религия. Църквата загубила голяма част от силата и привилегиите си също. С това групата на господарите на земята (царуваща на североизток) бяха върховни в решенията си, решения, срещу които църквата не можеше да се противостои.

Свещеникът започва тържеството и единствените, които наистина обръщат внимание на думите му, са набожните Кристин и Елена, както и двамата знаят латински. Другите отидоха на църква, само за да погледнат дрехите и стиловете на останалите и да клюкарстват. Нямаха представа за истинския смисъл на масата. Свещеникът говори за прошката и за факта, че трябва да сме ревностен към знаменията, идващи от сърцата ни. Казва, че това е най-добрият компас за изгубени пътници. Масата продължава и достига момента на причастие. Когато свещеникът превръща хляба и виното в тялото и кръвта на Бог Христос, Кристин изглежда вижда Клаудио на този олтар, до Отца. Разклаща си главата, а видението изчезва. За втори път й се случи нещо такова. Първият път, когато се случи тя плетиво на верандата на дома си. Какво се случваше с нея? Мислите й дори не биха уважавали масата. Кристин решава да не приема причастие, защото не е била подготвена и не се е чувствала напълно чиста, за да участва в него. Хелън има. Празненството продължава и Кристин се опитва да се съсредоточи върху проповедта на свещеника. Тя обръща внимание на всяка изричана от него дума. В този момент най-накрая тя може да забрави Клаудио малко и да забрави прекрасния пикник. За малко да му се отдаде на планината. Страх от съд и от баща й я задържа. Свещеникът дава окончателното благоволение и Кристин се чувства по-облекчена. Не би трябвало да се притеснява, че ще задържи мислите си повече.

Размисли

Кристин, заедно с родителите си, изоставят зависимостите на малкия параклис на Свети Себастиан. Майорът се сбогува с тях и отива да се грижи за бизнеса в сградата на Асоциацията на жителите. Двойното връщане у дома. По пътя Кристин започва да отразява проповедта, чута преди малко от свещеника. Беше ли получила прошка от майка си, след като напусна манастира? Беше ли й простено? Отговорът и на двата въпроса е не. Майка й, разочарована след излизането си от манастира, никога вече не е същата майка, която се е научила да обича и уважава. Тя вече не беше любяща или й показваше какъвто и да е вид грижовна емоция, както преди. Майка й вече не й беше приятелка, а само спътник. Отново и отново тя говори за манастира и коментира как ще бъде толкова щастлива, ако има дъщеря, която е монахиня. Тя все още хранела собствените си надежди, че Кристин ще се върне там. Що се отнася до собствената й съдба, Кристин все още таи съмнения. Тя беше сигурна за чувствата, които той изпитваше към Клаудио, но се страхуваше да се предаде напълно на тази страст и да свърши наранена.

Кристин беше научила, в манастира, че хората имат много страни към тях и не могат да им се вярва. Що се отнася до факта, че следва сърцето си, тя беше отказала да го изслуша в най-решаващи моменти от живота си. Тя не слушаше, когато пишеше да не се замесваш със сина на градинаря в манастира. Веднъж изключен, той я изостави без обяснение. Тя също не го слуша, когато я помоли да се предаде на Клаудио, в планината. Вместо това тя предпочиташе да се подчинява на социалните конвенции и страха. И двата пъти отказваше да слуша сърцето си, тя беше възпрепятствана. Кристин прави пакт със себе си и приема да го изслуша при следващата възможност. Масата на отец Чиаварето се беше доказала като полезна.

Сукавон

Беше спокоен вторник сутринта. Предния ден пороен дъжд беше запълнил реките и потоците. Мястото беше оживено с много туристи от целия регион, които се забавляваха в река Мимосо. Междувременно групата млади приятели, начело с Клаудио, пътувала към резиденцията на Кристин. Биха я помолили да отиде на друго специално пътуване. Пристигат в резиденцията и пляскат с ръце, за да бъдат чути. Геруса, прислужницата на къщата, отговаря на вратата.

"Какво искаш?

"Тук сме, за да говорим с Кристин. Тя вкъщи ли е?

"Тя е. Чакай малко. Ще й се обади.

Няколко мига по-късно Кристин се появява усмихната и готова да говори с тях.

"Геруса ми каза, че вие момчета искате да говорите с мен. А какво става с?

Клаудио, лидерът на групата, се изказа.

"Тук сме, за да ви поканим да отидете на интересно пътуване с нас. С вчерашния дъжд реките и потоците от региона преляха. Целият град му се наслаждава. Във фермата Старо дупе, близо до тук, има много специално място, което искаме да ви покажем. Какво ще кажеш?

"Ако обещаете, че няма да има изненади, сякаш е имало онова време на пикника, ще отида. (Кристин)

"Няма да има. Ще бъдете възхитени от мястото. (Фабиана)

"Обещаваме да ви покажем една много специална сутрин. (Рафаел)

Останалите членове на групата също насърчават Кристин да приеме и тя в крайна сметка се съгласява. Все пак тя не правеше нищо важно в този момент. Излизането малко би й помогнало да се отрази по-добре на някои идеи. Със съгласието на Кристин групата започна да върви към дестинация, която тя пренебрегна. Клаудио й предложи ръката си и тя прие, следвайки инстинктите на сърцето си. Тя беше научила това от свещеника. Физическият контакт накара Кристин да се гмурне в паралелни вселени далеч отвъд въображението на едно обикновено човешко същество. На тези места нямаше място за никого освен нея и любимата й. Била е омъжена с поне седем деца, всички от Клаудио. Предубедените и морално нестабилни родители й липсваха силата да я засегнат в собственото си въображение. Ако планината Ороруба беше свещена, тя щеше да пристъпи към тяхното искане и да превърне тези планове в реалност. Въпреки че това беше почти невъзможно по две причини. Първо, защото е дъщеря на майка, която все още таи надежди да стане монахиня. Второ, тя имала баща, който прожектирал бъдеще за нея (по негово мнение щастлив), като я оженил за някого от собственото й социално ниво. Освен това и двете бяха изключително предубеден.

Групата спира малко, за да може всеки да пия вода. Клаудио не би пуснал ръката на Кристин за миг. В съзнанието си Кристин щеше да бъде само негова, виждайки как са взаимосвързани. От момента, в който я срещна, животът му се промени. Той започна да отдава по-малко значение на пиенето и пушенето. На практика спря да го прави. Приятелите му също забелязаха промени. Беше станал по-приятелски и весел човек. Той вече не се оплакваше от работа или сметки. Той стана осветен от Божията любов. За Кристин той беше готов на всичко: Да се изправи срещу страшната Майор и съпругата си; да се изправи пред общественото мнение; да се изправи срещу Бог и света, ако е необходимо. Опознаваше истинската любов; за разлика от друг път, с който е излязал.

Групата ускорява темпото си и за около десет минути достигат фермата Старо дупе. Обръщат се надясно и ходят още няколко фута като пряк път ги отвежда до ръба на жп линия. Най-накрая пристигат на дестинацията си и Кристин е изумена. Той е с лице към естествен басейн, издълбани в камък и който е с изглед към малък поток.

"И така, това искаше да ми покажеш. Сензационна е!"
"Знаехме, че ще ти хареса. Това е чудесно място да се отпуснете малко. Казва се Сукавон. (Клаудио)

Всички те бягат към това малко чудо на природата. Клаудио се отдалечава малко от Кристин и започва да скача наоколо лудо във водата. Остава потопен за няколко секунди. Кристин се притеснява и започва да го търси из целия басейн. Когато най-малко го очаква, две силни ръце държат бедрата й и Клаудио се възобновява, прегръщайки я.

"Мен ли търсеше?

Кристин не казва нищо и почива малките си ръце на раменете на Клаудио. Усеща момента и се приближава към нея. Неговите настойчиви устни търсят нейните. Двамата се намират един друг и предизвикват буря от аплодисменти. Кристин и Клаудио се обръщат към останалите и се смеят. Връзката им беше потвърдена. Всеки продължава да се наслаждава на басейна. Клаудио и Кристин не се движат един от друг. Групата прекарва цялата сутрин в Сукавон и после всички се връщат по домовете си.

Пазарът

Възниква много слънчева сряда сутрин и Кристин току-що се събуди. Става от леглото и се къпи. Влиза в банята, отворете отделението за вода и студената вода залива цялото й тяло. В този момент умът й пътува, и каца точно в събитията от предишния ден. Тя мисли за прегръдката на Клаудио и целувката. Първоначалният физически контакт я е направил още по-сигурна за това, което е чувствала към него. Беше нещо наистина трайно. Тя изключва водата, сапуните нагоре и страхът започва да се държи за интимните си мисли. Какво би станало от тях, когато родителите й разберат? Ще се радва ли да бъде по-силен от предразсъдъците и социалните конвенции? Планината наистина ли беше отговорила на молбата й? Отговорът на тези въпроси, които тя не знаеше. Единственото нещо, което можеха да направят, беше както да се насладят на момента, така и да се надяват, че ще продължи вечно.

Тя отново включва водата и предишният страх изчезва. Беше склонна да се бори за тази любов, дори да й струва скъпо. Водата от водно отделение я кара да помни Сукавон и как това място е било вълшебно. Тя мисли, че всеки трябва да бъде като течащата река, която се дава напълно на съдбата си. Така би действала във връзка с любовта си, Клаудио. Студената вода започва да я притеснява и тя решава да я изключи. Тя взима две кърпи и започва да изсъхва. След като напълно се изсуши, тя се облича и отива в кухнята, за да закуси. При пристигането си тя намира Геруса да служи на родителите си.

"Нагоре вече? Изглеждаш страхотно. Какво се случи?

"Нищо, майко. Просто прекарах хубава вечер.

"Дъщеря ми е добро момиче, жено. Тя не би направила нищо против принципите ни. (Майор)

Тръпка обиколи тялото на Кристин и в този момент изглеждаше, че родителите й са познали мислите й. Тя решава да си мълчи, за да не събуди подозрение.

"Какво ще кажеш да отидем на панаира днес? Трябват ми плодове, зеленчуци, и боб. (Елена)

"С удоволствие ще дойда с теб, мамо. (Кристин)

"Е, не мога. Ще се погрижа за бизнеса. (Майор)

Двамата довършват закуската и отиват на пазара. Пазарът мимосо се беше превърнал в голямо събитие, което примами посетителите от целия регион. В този ден беше интензивно заета и търговията процъфтяваше. Кристин и Елена подхождат към плодовата стойка на Оливия и в този момент небесата сякаш пресичаха в размяната на погледи между Кристин и Клаудио.

"Наоколо ли си? Не очаквах това. (Кристин)

"Майка ми ме остави да отговарям за палатката й. Какво не би направило дете за майка си? Как сте, госпожице?

"Много добре.

"Не знаех, че вие двамата сте толкова добри приятели.

Кристин прикрива чувствата си към Клаудио малко и отговаря:

"Той е част от групата приятели, с които излизам и освен това, той ми е сътрудник, забрави ли?

"О, да. Събирачът на данъци.

Клаудио намигване на Кристин в знак на съучастие. Двамата трябваше да го преструват до точното време. Клаудио пита:

"Какво ще имаш?

"Искам две дузини банани, три папая и шест манго. (Елена)

Кристин обръща внимание на всеки мъжки детайл от любовта си и е впечатлена. Тя нямаше съмнения: Той беше мъжът, който тя искаше, без значение колко препятствия трябваше да преодолее. Тя беше научила, в манастира, че победител е този, който има смелостта да посмее. Клаудио им дава плодовете и Кристин и Хелена отиват на друга станция. Пазарът ще бъде отворен до 14:00 часа.

Случаят на крава

Майор Квинтино, като един от пионери на региона, става богат собственик на плантация и вследствие на това един от най-големите хижа за говеда в региона. Един ден служителите му пресичаха добитъка над железницата, за да имат достъп до друга част от земята. По случайност същият този миг на хоризонта се появи влак с голяма скорост. Служителите се втурнаха към преминаването и влаковият кондуктор се опита да спре, но без успех. Една от крави е ударена от влака и е умряла при удар. Шофьорът продължи пътуването си, а служителите бяха ужасени. Събраха се и решиха да кажат всички на майора.

Когато майорът чул историята, наредил на служителите си да сложат гигантска скала на релсите на железницата. В това време майорът остана накацан в очакване на влака. Появява се на хоризонта точно навреме и когато инженерът забелязва скалата, той спира накратко, за да се опита да избегне катастрофата. За щастие е успял и никой не е пострадал. Шофьорът, слезе от влака и попита:

"Кой сложи този камък насред железницата?

В този момент майорът се обръща към него и се допита до:

"Как се казвате, сър?

"Казвам се Роберто. Кажи ми, кой сложи този камък на пътя ми?

"Хората ми бяха тези, които го поставиха тук. Виждам, че днес успя да спреш влака. Въпреки това, само вчера, сър, не сте успели и сте ударили една от крави ми.

"Вината не беше моя. Влакът дойде с пълна скорост и когато разбрах, че крава е все още там, беше твърде късно.

"Извиненията ти не са ми от полза. Не се притеснявай, че няма да те денонсирам пред властите или да поискам да платиш за крава. Въпреки това, започвайки от утре, всеки път, когато минете през това село ще бъдете задължени да спрете пред къщата ми попитайте дали някой от семейството ми ще пътува. Ако е така, ще изчакате, ако е необходимо за нас, за да се приготвим. Ако не, можете да следите текста на пътуването си. Разбрахме ли се?

"Е, предполагам, че нямам избор. Глоба.

Майорът нарежда на служителите му да изтеглят камъка, за да може влакът да продължи пътуването си.

Пресата

Майор Квинтино е бил известен в целия регион с методите си на мъчение. Най-добре познатата от тях беше, без съмнение, страховитата преса. Това беше железен инструмент с пет пръстена, един за поставяне на врата, по два за всяка ръка и по два за всеки крак. Враговете на майора били бита в пресата, често до смърт.

Веднъж майорът е откраднал три коня и крадецът е видян от един от служителите му. Крадецът изчезна за известно време и майорът не успя да го открие. Със приключения случай крадецът решава да се върне и е видян да се разхожда из Мимосо. Майорът веднага разбра, че е той и изпрати служителите си да го задържат. Крадецът е бил хванат и поставен в пресата. Измъчван и унижен, крадецът признал престъплението, и казал, че е продал конете, за да получи някаква промяна. Разгневилият се майор не му простил и заповядал на служителите си да го запразнят цяла нощ. Крадецът се поддаде на нараняванията си и умря. Служителите на майора вдигнаха тялото и го погребаха. Той беше една от жертвите на тази архаична система на обществото; Система, която убива още преди преценката.

Съобщение

Вече бяха минали няколко седмици, с които Клаудио и Кристин се срещаха тайно. Двамата се виждаха на всеки петнадесет дни на работа или в други ситуации с групата си приятели. Тези срещи бяха добре използвани от двамата, които разменяха ласкатели и целувки, когато никой не гледаше. Тази ситуация обаче не беше удобна за Клаудио. Все още се чувстваше несигурен с резолюцията на Кристин да не казва на никого за връзката им. Той искаше да се дишам и да каже на целия свят колко щастлив и изпълнен се чувства. За тази цел той се обадил на Гилхерме (улично хлапе) и му връчил бележка, адресирана до Кристин. Момчето бързо се подчини.

Гилхерме пристига в дома на Кристин, стъбло ръцете си и крещи да бъде чут. Геруса идва на вратата.

"Какво искаш, момче?

"Тези бележки за г-ца Кристин. Можеш ли да й се обадиш, моля те?

"Можеш да ми го дадеш. Заслужавам доверие.

"Не. Тази бележка трябва да бъде доставена на ръка.

С неохота Геруса отива да се обади на Кристин. Голямо любопитство строеше в съзнанието й. Тя беше прислужницата на това семейство в продължение на десет години и по нейно мнение нищо, което се случи в онази къща, не беше незабелязано от очите й. Откакто Кристин беше дете, тя се грижеше за нея и интересите си повече от собствената си майка. Не й предстояха да остане извън това. Кристин е в стаята си и когато получи новината, отива своевременно да се срещне с момчето. Тя взема бележката и Геруса я придружава. Веднага Кристин се заключва в стаята си, оставяйки зад себе си измъчван Геруза. Чувствала се е неоценена от отношението на Кристин. Годините на приятелство и съучастие отидоха на прах в този момент. Все пак, какво може да е толкова важно до точката, че Кристин иска да го скрие?

Събрание

Със сърдечните си състезания Кристин започва да чете бележката, написана от Клаудио. В него той я кани на среща, която да се проведе в дома му. Кристин е съмнителна и смята, че може да е рисковано да отиде там. Все пак злите езици на селото можеха да породят подозрения за двамата и че новините могат да свършат директно с родителите й. Тя искаше да запази връзката. От друга страна, тя не искаше да нарани Клаудио и да предизвика отласване между тях. Чувствата, които имала към любовта си, били по-важни. Тя мисли малко и решава да отиде. Със сигурност си струваше да рискуваме заради нейната една истинска любов. Последствията, ако има такива, те биха се изправили заедно.

Кристин се приготвя и си тръгва, без да дава обяснение на Геруса или на някой друг. Умът й се скита на места непознати за всеки друг човек, който не е знаел за историята им. Мисли за манастира, сина на градинар и за любовта си Клаудио. Манастирът се появява като стар образ, който тя иска да забрави. Там тя научила латински, основите на религията, уважението към хората и истинското значение на думата любов. Все още в манастира тя си спомня сина на градинаря и важността в съзряването, което решението е имало и как е променило живота й. Тя се беше отказала да бъде монахиня и беше взела всички последици от това, като разочарованието и презрение на майка си. Тя мисли за Клаудио и с тази мисъл лъч надежда изпълва цялото й същество. Надеждата й е, че те остават заедно, подкрепени от вечна любов, дори ако е трябвало да преминат неодолими бариери. Пикникът в планината й идва на ум и как са били щастливи макар и не заедно. Тя си спомня прегръдката, целувката и желанието, които е направила на свещената планина. В определен смисъл молбата й вече беше започнала да отговаря, тъй като тя и Клаудио излизаха. Отивайки на църква и научавайки какво има, ако й помогнала да започне връзката в Сукавон. Това магическо място имаше силата да омагьоса и събере две сърца. Беше се научила да бъде като течащата река, доставяйки се напълно на съдбата си Клаудио. Именно за него тя реши да отиде на среща.

Кристин ускорява стъпките си, водени от любопитство. Тя вече е само на няколко метра от мястото. Тя се оглежда и се уверява, че никой не я следи или наблюдава. Инстинктът за самозащита беше по-силен от всичко. В края на краищата, всяка взета предпазна мярка беше необходима във връзка, която все още не беше потвърдена. Тя отива малко по-далеч и най-накрая пристига в дома на Клаудио. Тя чука на вратата и чака да й бъде отговорено. Вратата се отваря и Клаудио я дърпа вътре. За изненада на Кристин, цялото семейство на Клаудио се събра отново.

"Ето приятелката ми, Кристин, както обещах. Вече две седмици се срещаме. Това е майка ми, Оливия (той каза, че посочва жена със силни черти, която изглежда е на около петдесет години). Другите, които вече познавате: Сестрите ми Фабиана и Патриша, и баща ми Пауло Перейра.

Кристин е задъхала с тази презентация. Какво е правил Клаудио? Двамата не се ли бяха съгласили да излизат тайно? Неловко,

Кристин поздравява всички. Клаудио я кара да седи на масата, където са всички.

"Добре дошла в семейството, Кристин. Съпругът ми и аз одобряваме тази връзка. Ти си сериозно и добре осъществено момиче. (Оливия)

"Благодаря. Не очаквах това. Клаудио ме изненада. (Кристин)

"Не можех повече да поема тази ситуация. Родителите ми имаха право да се срещнат с любимото момиче на сърцето ми. (Клаудио)

Това каза, Клаудио заплита Кристин в ръцете си и я целува.

"Вече казах на Кристин колко ще се радвам да й бъда снаха. Освен това искам да кажа, че се възхищавам на решителността и песъчинката ви. (Фабиана)

"Аз също. Желая щастие и на двама ви. (Патриша)

Пауло Перейра започва да сервира коктейлите и Кристин е малко оттеглена, макар и щастлива. Разговорът започва да пътува до и от различни поданици и Кристин е център на вниманието. Всички правят комплименти за стойката и стила й. Времето минава и Кристин дори не го осъзнава. След като я опознаха малко, Кристин се сбогува и Клаудио я придружава до вратата. Прегръщат се и се целуват, преди да се сбогуват. Отношението на Клаудио показа на Кристин, че намеренията му са сериозни и реални.

Изповед

Беше прекрасен четвъртък сутрин и Кристин се подготвя да отиде да види отец Чиаварето. Тя е в редица от петима души. Безпокойството, нервността и съмнението изпълват цялото й същество. Приготовленията, които е направила преди изповедта й, не са влизали в сила. Всичко, което тя счита за грехове, идва в съзнанието й: Пропуски, грешки и липса на предпазливост. Въпреки това, тя все още не беше сигурна дали дори ще каже цялата истина. От друга страна, ако не го направи, щеше да продължи да остава в грях. Монахините на манастира, където е отсядала три години, са били доста строги в този смисъл. Опашката се изпразни и Кристин са следващите. Тя влиза в призна и коленичи.

"Градушка Мери, изпълнена с благодат.

"Заченато без грях.

"Изповядай греховете си, дъще моя.

"Е, отче, имам голяма тайна, която тежи на мен. Отдавна не съм излизал с събирача на данъци, Клаудио. Тази тайна ме убива, отче. Понякога, дори не мога да спя нощем. Въпреки това, ако кажа, съм сигурен, че родителите ми ще бъдат против тази връзка, защото са много предубедени. С какво се занимавам, отче? Не искам да скъсам с Клаудио, защото го обичам.

"Дъще моя, трябва да кажеш цялата истина. Само това може да освободи съзнанието ти от угризения. Говори с родителите си и им покажи гледната си точка. Когато любовта е вярна тя преодолява всички препятствия. Мисля да ти дам едно перо, за да отразиш по-добре. Молете се десет Нашите Отци.

Кристин благодари на бащата и отива да изпълни своето наказание. Тя би обмислила съветите, дадени от него.

Клюка

Кристин, отиваща в къщата на Клаудио, не премина напълно незапомнено и нито пък начините, по които се отнасяше с нея пред хората. Беатрис, съседът на Клаудио, беше подозрителен, че това посещение не е просто приятелско. След факта, тя реши да разследва двамата, за да види дали е права в подозренията си. Накрая тя откри цялата истина. За известно време тя мълча от страх от реакцията на майора и съпругата му. По-късно тя не чувстваше, че цялата тази ситуация е много справедлива. С чувство за справедливост, тя реши да отиде в къщата на майора. Тя пристига, стъбло ръцете си и се среща от Геруса.

"Какво искаш?

"Искам да говоря с майора и жена му.

"Те са в хола. Влезте.

Бързо, Беатриз влиза и застава пред двамата.

"Добър ден, майор Квинтино и мадам Елена. Имам нещо сериозно за което да говоря с теб. Дъщеря ти вкъщи ли е?

"Тя отиде да се изповяда. (Елена)

"Още по-добре. Искам да говоря с теб за нея. Тя тайно излиза с Клаудио, събирача на данъци. Там. Казах го. (Беатриз)

"Какво? Луда ли си, жено? Дъщеря ми е добро момиче. Тя не би се замесила с такъв човек. (Майор)

"И аз не мога да повярвам. Все още искам да е монахиня. (Елена)

"Уверявам ви, че това, което казах, е истина. Видях двамата прегърнат и целуващ се със собствените си очи, кълна се толкова сигурен, колкото стоя тук. (Беатриз)

"Тогава тя ни предаде. Тя се заблуждава, ако мисли, че ще остане с него. Не бих смесил името или кръвта си с обикновен Перейра. (Майор)

"И аз не мога да повярвам. Няма да й позволя да се омъжи. (Елена)

"Е, мисля, че изпълних нотариусът на добрия си самарянин. Не понасям да виждам несправедливост. (Беатриз)

"Благодаря, че ни уведоми. ще плачеш.

Майорът се изправя и подава вата пари в брой на Беатрис. Тя напуска щастливо и тихо извън бунгалото мислейки, че е изпълнила мисията си.

Пътуване до Ресифи

Новината, че Кристин излиза с обикновен събирач на данъци, не беше оставила майора щастлив. С ранената си гордост той планираше край на тази неприятна ситуация. Той изпрати бележка до кмета и до полковника от Рио Бранко, с която ги покани на екскурзия до Ресифи. Тримата биха говорили с Губернатора по бизнес, политика и лични въпроси. С всичко уредено, майорът си опакова багажа, докато тръгваше на следващия ден за Ресифи.

Денят започна със слънцето по-горещо от всякога. Майорът възниква без забавяне и отива да се изкъпе. Влиза в банята, включва кранчето и студената вода залива цялото му тяло. Студената вода успокоява съвестта му, но кръвта му все още кипи. Той помни Кристин, когато е била дете. Беше сладка и нежна като цвете. След като тя си играеше с кукли и го покани да играе, както добре. Той неловко прие. Кристин играеше ролята на майка и той куклата баща. Те прекараха дълго време симулирайки разговори и ситуации в рамките на едно семейство. Имаше момент, в който тя каза: "Куклата ми е щастливката, че има баща като теб. Това го премести доста и той трябваше да се оттегли от игра, за да не го види да плаче. Какво се беше случило с това малко чувствително момиче? Как е била способна да го предаде така? Когато се родила, той не отричал да има определено неблагоприятно чувство за това, че се е родила жена. Най-подходящ за него беше да има син, някой, който да го наследи в тираниите, политическата власт и социалната показност. Но с течение на времето тя показа стойността си и спечели над всички в семейството. Плановете му се променят, за да уреди добър зет, който да се грижи за дъщеря си и да го наследи. Тези планове сякаш се спускаха надолу, считано от последните новини, които беше получил. Бързо майорът изключва водата и напуска банята. Бързаше да въведе плана си в действие.

Отива в кухнята и закусва. Той поздравява жена си, но се преструва, че не вижда дъщеря си. Кристин поема инициативата и говори с него, но й отговаря горчиво и сухо. Тя смята, че отношението на баща й е странно, но мълчи. Майорът има закуската си, дава им да разберат, че ще го няма няколко дни, става и си тръгва. Вече извън къщата, той започва да формира план за действие: Първо щеше да отиде в полицейския участък и втори борд на влака, който се отнася за Ресифи. Плановете му се превеждат в държавата, в която майорът е, неспокоен, неспокоен и разочарован.

Той беше неспокоен да се намери в тази настояща ситуация: Тъстът на прост държавен служител. Той се чувстваше удостоен с това да не знае какви точно резултати ще постигне при това пътуване. Беше разочарован от това, че беше предаден от единствената си любима дъщеря. Какво друго може да се случи? Е, той не знаеше. Няколко минути по-късно вече може да види полицейския участък и омразата му расте още повече. Кой се е замислил онзи събирач на данъци? Дори и в най-смелите си мечти не би могъл да се присъедини към семейство Матиас. Това било семейство, което било традиционно и което било завладяло практически цялата земя западно от Рибарско градче. Кои бяха семейство Перейра? Просто семейство търговец, които не бяха до нивото на дъщеря му. Не би позволил двамата да останат заедно, ако живее.

Накрая майорът влиза в гарата и отива в офиса на делегат Помпей. Кима си главата и започва да говори.

"Г-н Помпей, имам работа за вас. Искам да арестуваш човек заради мен.

"Защо? Кой е човекът?

"Това е човек, който не е проявил неуважение към дъщеря ми. Казва се Клаудио, събирачът на данъци.

"Клаудио? Изглеждаше толкова добър човек.

"И аз така мислех. Въпреки това, той ме разочарова от отношението си. От днес той е мой враг и трябва да страда за предателството си. Искам да го арестувате незабавно и да не го освобождавате, докато не кажа.

"Добре, ще го направя. Хората ми ще го арестуват днес.

"Това исках да чуя. Ти си добър приятел, Помпей. Кой знае кога съм кмет може да си ми секретарка?

"На вашите услуги, сър.

Двамата тръгват и главните глави в посока жп гарата. Влак, който се е запътвал за Ресифи, би тръгнал след няколко минути. Стъпките на майора стават все по-редовни и той се чувства по-добре. Първата стъпка от плана му е изпълнена. Врагът му, за кратко време, би бил безсилен зад решетките. Кристин би трябвало да свикне да живее без него. Майорът започва да проектира, в главата си, втората стъпка от плана си, стъпка, за която само той и Бог са знаели. Пристига на гарата, купува билет, казва здравей на персонала и дъските.

При влизане във влака се натъква на полковника на Рио Бранко. Седи до него и е щастлив, че полковникът е изпълнил молбата си. Започват да говорят и да си спомнят пионерните си дни. Те помнят съпротивата на туземци и как е трябвало да бъдат жестоки, за да владеят земята си. Те бяха моменти на слава за двамата. Майор Квинтино и фермер Осмар са взели владение на земите в региона Мимосо и полковник Хенрик взе земята в региона Рио Бранко, село, разположено западно от Мимосо. Полковникът си спомня как е успял да убеди родното семейство, че няма да им навреди. Времето мина бързо за двамата да си спомнят онова не толкова далечно минало.

Влакът подсвирква, сигнализирайки, че ще направи спирка. Майорът и полковникът излизат да си пийнат бърза закуска. Пристигат в бара близо до жп гара Рибарско градче.

"Какво ще имате, господа?

"Две чаши от хубавите неща, които имате там и чиния печено говеждо. (Майор)

"Е, майоре, помолихте ме да отида в Ресифи, но не сте ми обяснили защо наистина отиваме там.

"Имам си плановете, но не мога да говоря сега. Трябва да разреша проблем с губернатора и след това да поговоря сериозно с теб.

"Не можеш да ми подскажеш?

"Не. Нищо повече от това, което вече казах.

Разговорът се охлади и двамата приключиха с леката си закуска. Напуснали бара, върнали се на гарата, и се качили на влака отново, защото щяло да си тръгне. При влизането си във влака кметът вече присъстваше. Майорът се радва, че е отговорил и на молбата си. Те остават в една и съща кола, за да говорят за семействата си, футболните звезди и жените. Говорейки за семейството си, майорът цитира жена си и дъщеря си като най-големите си съкровища. Полковникът говори за сина си Бернард и дъщеря му Карина и гарантира, че те ще бъдат законните му правоприемници толкова в политиката, колкото и в начина им на действие. Кметът казва, че няма деца, защото жена му е безплодна, но така или иначе е щастливо женен. Говорейки за спорта, те цитират Спорт Ресифе и Морски като най-добрите футболни отбори в щата. За жените, майорът заекване, че обича всякакви. Полковникът казва, че предпочита тъмнокожи жени с стройни тела. Кметът твърди, че не гледа други жени освен жена си. Другите се смеят на това изявление. Продължават да говорят и времето минава бързо. Влакът прави няколко спирки, преди да пристигне на дестинацията си, Ресифи.

Трите земя и веднага да поздравят превозно средство, за да ги отведе до двореца, който е седалището на държавното правителство. В колата шофьорът се представя и задава няколко въпроса. Те реагират продължавайки в разговор. Шофьорът говори за Ресифи, подчертавайки своите мостове, плажове, реки, църкви, и други забележителности. Той завършва, като казва, че хората в Ресифи са гостоприемни и приятелски настроени. Майорът не обръща особено внимание на разговора, тъй като е фокусиран върху плановете си. Разговорът с губернатора би бил решаващ за него. Някъде по-късно колата спира пред двореца, и всички излизат.

Тримата бродят по няколкото фута, които ги отделят от двореца и влизат до главната порта. Вътре са инструктирани на кабинета и им е казано, че губернаторът ще ги види. Те влизат в района и се получават от губернатора. Кметът прави правилното въведение.

"Това е майор Квинтино, най-голямата политическа власт в региона на процъфтяващото село Мимосо. А това е полковникът от Рио Бранко (Хенрике Сергейра), важен на западния регион Рибарско градче.

"Чувал съм приказки за Мимосо. Това място се превърна във важен търговски пост на Пернамбуко, с разгръщането на железницата. Що се отнася до вас, полковник, вие сте прословути с големите си постижения. За мен е чест да ви приветствам тук, в тази сграда, която представлява силата на нашия народ и гордостта на държавата ни. С какво да ви помогна?

"Майорът трябва да знае. Той ни е поканил да дойдем тук, но не ни е пуснал вътре по причината защо. (полковник от Рио Бранко)

"Това е истината. За следващите избори за кмет на Рибарско градче бих искал, с цялото ми уважение, сър, ако ме подкрепите за наследник на нашия скъп приятел, г-н Хорасио Барбоса.

"Какво? Област Рибарско градче има много господари на земята. Един от тях трябва да е наследникът.

"Никой от тях няма злоба и политическата ми сила. Внедрих инструмент за мъчения, наречен пресата и той се превърна в абсолютен ужас на враговете ми. Вече не съм просто обикновен майор. Г-н Хорасио и г-н Хенрик, присъстващи тук, могат да свидетелстват в моя полза.

"Това е истината. Майор Квинтино се откроява в град Рибарско градче. Той е важен член на нашата система на "Господари на земята". Аз, като полковник от Рио Бранко, му показвам неограничената си подкрепа.

"Аз също го подкрепям. Той е един от първите пионери на земята в района на Мимосо. Отношението му с местните беше изключително важно и решително. Само той може да ме замести като кмет.

"Е, ако вие двамата одобрите кандидатурата му и атестирате, не възразявам. Подкрепям го като следващия кмет на Рибарско градче.

Тримата аплодират губернатора и майор Квинтино изтегля полковника от Рио Бранко в друга стая. Биха имали личен разговор.

"Какво искаш да ми кажеш? Защо ме дръпна по този начин?

"Имам да ви предложа нещо, сър. Имам красива дъщеря на име Кристин и искам тя да се омъжи възможно най-скоро. Помислих си за възможни угодници. Тогава си спомних сина ви Бернардо и как е ваш верен наследник както в отношението, така и в политиката. Мисля, че би бил перфектен мач за дъщеря ми. Какво ще кажеш? Ще бъде чудесно, ако двете обединят семействата ни.

Сър Хенрик мисли за момент и отговори.

"Мислех си и да се оженя за Бернардо. Идва време, когато човек трябва да мъдри и да положи корени. Дъщеря ти би била голямо предимство за него. Обаче тя нямаше ли да стане монахиня?

"Тя вече изостави тази идея. Жена ми напълни главата си, когато беше момиче. Сега, тя е уредена и готова да се омъжи. Кога можем да уредим сватбата?

"Мисля, че месец е достатъчен, за да се погрижим за уговорките. Трябва да имаме голямо парти и да поканим нашите колеги спътници в рамките на системата.

"Разбира се. Всичко за щастието на двамата. Не мога да чакам, докато къщата ми не е пълна с внуци.

Двамата се здрависват и се връщат в офиса на губернатора, където се присъединяват към кмета. Те се сбогуват с най-висшата политическа власт на държавата и се отправят към близък хотел. Те биха прекарали още два дни в столицата на Пернамбуко, участващи в церемонии и наслаждавайки се на красотата на плажовете.

Завръщане във Вътрешността

Тримата пътници от интериора тръгват от хотела и съоръженията на столицата на Пернамбуко. те чартър на превозно средство директно до жп гарата. За кратко време пристигат на местоназначението си. Слизат от колата, купуват билетите си и накрая се впускат. Седят в първокласната секция. Кметът и полковникът от Рио Бранко започват да говорят, но майорът изглежда внимателен, мислите му са разпръснати. Образите на Клаудио и Кристин идват в ума му. Не, те никога не биха могли да бъдат заедно, защото принадлежаха към изцяло различни светове. Не е отгледал дъщеря си, за да бъде чиновник в магазин за дребно. Тя заслужаваше много повече от това, защото беше дъщеря на майор, най-висшата политическа власт в района на Мимосо. В съзнанието си майорът вижда Клаудио в затвора и това му дава странно усещане за удоволствие. Кой му каза да го предаде така? Кой го упълномощи да мечтае толкова високо? Просто плащаше цената на собствената си лудост. Майорът предвижда цялата сцена и не съжалява. Все пак той се той гледаше за интересите на дъщеря си и нейното бъдеще.

Влакът се раздрусва и майорът започват да влизат в разговор с двамата му спътници. Говорят за бъдещите си проекти. Полковникът от Рио Бранко копнее да превърне селото си в град за няколко години и по-късно да спечели независимостта си от град Рибарско градче. Мечтае да бъде кмет и да получи добри позиции за приятелите и семейството си. Кметът говори за напускането на политиката и превръщането му в велик хазяин в земляк, около Вила Бела. Той говори за грижа за стада говеда и засаждане на обширни насаждения. Парите, които е получил чрез измамни мерки, ще са достатъчни, за да изпълни този план. Майорът е по-скромен. Иска да види дъщеря си омъжена и с деца. Той разчита и на думата на губернатора, който обеща да го подкрепи за кмет. Тримата продължават да говорят и служител им предлага сок и леки закуски. Те приемат. Времето минава бързо и те минават през големите градове на държавата. Когато пристигнат в Рибарско градче, кметът им се сбогува и слиза.

Останалият маршрут (петнадесет мили) между Мимосо и централата се прави гладко и безопасно. Майорът и полковникът от Рио Бранко мълчат през повечето време. Когато влакът пристигне в Мимосо, основните оферти се сбогуват и слизат. При напускане показва на лицето му колко е щастлив, тъй като се е завърнал успешен.

Уговорен брак

След като поздрави служителите на станцията, главните глави за къщата му. Вижда някои хора по пътя, но не обръща особено внимание, защото мисли как най-добре да разчупи новините на жените си. Каква би била реакцията на Кристин? Какво би казала любимата му жена? Първият бе предал доверието си, като се срещаше с обикновен събирач на данъци. Вторият все още искаше дъщеря й да е монахиня. Е, не му пукаше. Той беше човекът на къщата и двамата ще трябва да спазват решенията му. Това, което реши, е най-добро за цялото семейство. С тази мисъл големите затихва и не след дълго пристигат у дома. Отваря входната врата и се отправя към хола, но там няма никой. Обажда се на дъщеря си и съпругата си, а те откликват от кухнята. Бързо, той се насочва към там.

"Върнах се от Ресифи. Няма ли да ме прегърнеш?

Кристин и Елена сърдечно отговарят на молбата на майора. Разменят ласкатели известно време.

"Нося добри новини за теб. Виж, каква чест, имах привилегията да говоря лично с губернатора.

"Винаги съм знаел, че си велик човек. Откакто те срещнах, знаех, че ти си човекът на живота ми. Човек на зрението и успеха. Купил си ранг на майор, преместихме се в Ресифи и ти имаше ярката идея да се сдобиеш с голяма част от земята, разположена западно от Рибарско градче. Оттогава имаме много постижения. Гордея се с теб, любов моя. (Елена)

Майорът и жена му се прегръщат и целуват и Кристин е развълнувана от сцената. Тя също искаше да бъде толкова щастлива, колкото и родителите й.

"Какви новини имаш, отче? Умирам да знам.

Майорът ги моли да седят със сериозен и мистериозен поглед на лицето му.

"Е, има две големи съобщения. Първият е, че губернаторът ще даде пълната си подкрепа на кандидатурата ми за кмет на град

Рибарско градче. Вторият, и не по-малко важен, е, че съм планирал хубав брак за теб, Кристин. Съпругът ви ще бъде син на важния полковник от Рио Бранко. Казва се Бернардо и е на същата възраст като теб. Сватбата ще бъде след месец.

Студено втрисане изтича по гръбнака на Кристин и й се замайва малко. Правилно ли е чула? Тази реалност беше по-лоша от всеки кошмар.

"Какво? Уредил си брак за мен? Не очаквах това. Отче, не съм готов за това. Дори не познавам този човек много по-малко да го обича. Моля те, прости ми, но няма да се омъжа за него.

"Аз също съм против него. Винаги съм мечтал, че тя става монахиня. Все още имам надежда, че тя ще се върне в манастира. Бракът няма да донесе щастие на дъщеря ми.

"Решено е. Мислеше, че ще те приема да флиртуваш наоколо с Клаудио? Дори и в най-смелите си мечти не би могъл някога да ми бъде зет. Не съм отгледал дъщеря си, за да си дам твърде просто някой. Що се отнася до любовта, не се притеснявайте, ще го придобиете с течение на времето.

Кристин започва да плаче за цялата ситуация. Това означаваше ли, че вече знае за нея и Клаудио? Не беше казал нищо.

"Отче, обичам Клаудио с цялата си мощ. Дори да не мога да бъда с него, нямаше да го забравя. Този брак, който уреди за мен, ще донесе само нещастие. Чувствам, че това няма да свърши добре.

"Глупости. Всичко ще се оправи. Що се отнася до Клаудио, той вече няма да ви навреди повече. Извадих го от... циркулация.

"Какво направи с него?

"Казах на заместник Помпей да го арестува. Там той ще съжалява за деня, в който те е докоснал.

"Ти си безсърдечно чудовище. Мразя те!

Кристин напуска кухнята и отива и се заключва в стаята си. Тя щеше да плаче до края на деня заради невъзможната си любов.

Посещение

Пристигането на нов ден изглежда не анимация на Кристин. Тя току-що се беше събудила, но остана без движение на леглото. Предишният ден беше опустошителен в живота й. С новината за уговорените бракове сърцето й беше унищожено и надеждите й да бъде щастлива също. Тя можеше да мисли само за Клаудио и страданието му. Тя се опитва да стане, но отслабеното й тяло се противопоставя на опита. Тя се опитва веднъж, два пъти, три пъти, докато може да стане. Поглежда в огледалото. Какво би станало от нея? Може ли да скрие отвращението, което изпитваше към този непознат, който щеше да се ожени за нея? След всичко, което унищожаваше красива любовна история. Тя отразява по-добре и променя мнението си. Двамата не бяха виновни. Архаична система, която казва, че родителите трябва да уредят бракове за децата си, беше виновна. Къде е замислен идолизираната свобода във Френската революция? Тя просто не съществуваше в Бразилия. Равенството и братството също бяха далечни цели, които трябва да бъдат постигнати. В свят, в който господарите на земята и диктатор са управлявали, няма място за правата на човека.

Кристин се отдалечава от огледалото и решава да се изкъпе. Може би малко студена вода би успокоявала нервите и настроението й? Именно с тази надежда тя влиза в банята. Около двадесет минути по-късно тя излиза, търсейки да бъде малко по-добра. Водата наистина може да възстанови силите. Изсъхва се и си слага хубаво облекло. Скоро след това тя отива да закусва в кухнята. Намира, че майка й е обслужвана от Геруса.

"Къде е баща?

"Тръгна си по-рано. Отиде да купи добитък във фермата наблизо. По-късно има бизнес среща в Асоциацията на жителите. (Елена)

"Още ли е поправен с идеята да иска да имам брак?

"Той беше много ясен вчера. Сватбата ти е насрочена за следващия месец. На твое място бих се научил да го приема, защото няма да си промени мнението?

"Ти, майка ми, не можа да ме обжалваш? Този брак няма да донесе нищо добро за семейството ни.

"Не искам да се бия с баща ти. Бракът ни е продължил толкова дълго, защото знаех как да бъда предпазлив и покорен. Ако ме бяхте послушали и бяхте останали в манастира, нямаше да сте изправени пред тази ситуация. Бихте били точно в този момент, в пълно общуване с нашия Господ Бог Христос.

"Нямаше да изживея мечтата ти, майко. Имам си собствен живот. Има много други начини да служим на нашия Господ Бог Христос.

"Тогава не питай нищо от мен.

Кристин беше тиха и приключи със закуската. Тя става и кани Геруса да я придружи на разходка и с готовност се съгласява. Двамата си тръгват, за да не пробудят подозренията за Хелена. Когато са извън къщата, Кристин предава инструкции на прислужницата. Тя приема и двамата продължават да ходят. Отиваха към полицейския участък, където Кристин възнамеряваше да види, дори само за кратко, голямата й любов Клаудио. Тя беше съкрушена, мислейки за зверствата, на които го подаваха. Тя ускори стъпките си, очаквайки с нетърпение да го види. Тя не беше забравила моментите в планината или Сукавон, където се предаде напълно. Баща й би могъл да се ожени за нея за друг мъж, но това не би убило чувството, което е носила в сърцето си. Дори и да искаше, не можеше да направи това.

Някъде по-късно най-накрая стигат до полицейския участък. Кристин нарежда на Геруса да изчака отвън и тя се отправя към офиса на делегата.

"Какво много добро утро, г-це Кристин, какво искате?

"Искам да говоря със закритото, Клаудио.

"Съжалявам, но имам строги заповеди, че той не е да получава посещения от никого. Между другото, родителите му бяха тук и аз ги отпратих. Той се провежда без посетители.

"Много добре знаете, че арестът му е незаконен. Ако властите на общината разберат, вие сте в голяма беда.

"Наистина, единствената власт, която познавам е баща ти, майорът. Този човек е ужасен, ако ми простиш, че го казах.

"Не ме разбираш. Искам да го видя сега или ще откажеш да отговориш на молба от дъщерята на майора?

Делегат Помпей помисли за това известно време и реши да не рискува. Той се обади на един от подчинените си и им нареди да оставят Клаудио насаме с Кристин, в запазена стая. Двамата се обгърнаха и се целунаха по дължина.

"Как си? Нараняват ли те?

"Пребит съм. Да си далеч от теб е най-голямото от всички мъчения. Лечението и храната не са добри, но аз съм жив. Ти беше прав Кристин; родителите ви са много предубедени.

Кристин подава ръката си на гърба на Клаудио и осъзнава, че има следи от страданието му, видими. През тялото й минава ключ, а тя започва да плаче.

"Защо всичко това трябваше да се случи? Защо двама човека не могат да имат право да обичат свободно? И молбата, която отправихме към планината? Ще се сбъдне ли някой ден?

"Имай вяра в любовта и в планината, Кристин. Ако сме живи, има надежда, колкото и малка да е. Влязохме в пещерата на отчаянието, дори и да беше във въображението ни, и победихме препятствията и капаните. Пещерата може да сбъдне най-дълбоките желания.

"Да, истина е. Често, във въображението си, съм влизал в паралелни самолети, където пребивават само двамата. Виждам себе си женен със седем от красивите ти деца.

"Това е пътят. Не трябваше обаче да рискуваш толкова много, идвайки тук. Това място очаква красотата ти. Ще се оправя, не се притеснявай. Ако видиш някой от родителите ми, моля те, кажи им, че ми липсват.

"Рискувах, защото те обичам. Никога не го забравяй. Ще се моля на Свети Себастиан, смелия войник, искайки свободата ви.

"Благодаря. И аз те обичам.

Двете прегръдки, целуни и накрая се сбогувай. Времето изтече. При напускането на стаята Кристин благодари на делегата и си отива. Геруса е отвън и чака. Кристин й дава още няколко инструкции и двамата се връщат у дома.

Побоя

Майор Квинтино е на бизнес среща в сградата на Асоциацията на жителите. Той жестове, предлагайки споразумения и слуша оплаквания от членовете на сдружението. Рангът му на майор му даде правото да има последната дума. В средата на срещата делегат Помпей се появява с молба за пет минути от вниманието си. Той се извинява и отива да говори с него извън асоциацията.

"Какво е толкова важно, че трябваше да прекъснете срещата? Не можа ли да изчакаш да поговорим по-късно? (Майор)

"Дойдох да ви уведомя, че дъщеря ви се е появила в полицейския участък, изискваща да говори със спътника Клаудио.

"Какво? Не си го позволил, нали?

"Тя толкова много настояваше, че се отдадох. Все пак, тя ти е дъщеря.

"Наистина си некомпетентен. Не бях ли дал заповед да не позволявам на никого да посещава? Единствената причина да не бъдете незабавно премахнати от публикацията си е, че вече сте обслужвали общността по съответния начин. От днес не му позволявайте да получава повече посетители, дори и да е самият папа. Дъщеря ми ме разочарова още веднъж. Мисля, че трябва да предприема сериозни действия.

"Ще се съобразят, сър. Благодаря ти, че не ме уволняваш.

"Уволнен си. Чух достатъчно.

Големите оферти се сбогуват с делегата и се връщат в сградата на асоциацията, за да ги уведомят, че си тръгва. Някои хора се оплакват, но на него не му пука. Зашеметени, той се отправя към дома си, където Кристин очаква, невинно. Вълненията на мислите изпълват объркания ум на майора. Той припомня предателството от Кристин и кръвта му кипи още повече. С кого си е мислила, че си има работа? С цялостен и любящ баща? Дори не е чакала реакцията на майора. Той си спомня реакцията на Кристин при научаването на уговорения брак и как тя не е разбрала правилно. Ревността към семейството му и бъдещето на дъщеря му заеха първо място за него. Той би се изкачил над всякакви пречки, за да постигне целите си. Дори това да означаваше, че е загубил любовта и привързаността на единствената си дъщеря. Тя би му благодарила, по-късно, в бъдеще. Някъде след като майорът пристигне у дома, отваря входната врата и влиза. Първият човек, който вижда е жена му Хелена.

"Къде е Кристин?

"Тя е в стаята си, почива си.

"Обади й се незабавно. Искам да говоря с нея.

Хелена чука на вратата на стаята си и й се обажда. Миг по-късно тя се появява и се изправя срещу майора.

"Това си ти, с когото искам да говоря. Какво е това, което чувам за това, че говориш с Клаудио? Не разбирате ли, че вие двамата нямате бъдеще?

"Сърцето ми каза да се срещна с него и да видя как е. Можеш да ме принудиш да се оженя за друг мъж, но да не залича това, което чувствам към него. Любовта ни е вечна.

"Ще платите скъпо, че сте се изправили срещу мен. Аз съм майорът, най-висшият орган за вземане на решения в този регион, а дори ти, дъщеря ми, не можеш да вървиш против волята ми. Слушайте внимателно: От днес ви забранявам да си тръгвате без моето разрешение и ще направя нещо, което трябваше да направя отдавна.

Майорът разгръща кожения колан, който е на панталоните му и с бърз ход грабва Кристин с една от силните си, мъжки ръце. Кристин се опитва да избяга, но не може. Безмилостно, той започва да й прави сериозни удари с колана. Кристин крещи от болка и майка си; Хелена се опитва да я спаси. Майорът я заплашва и тя се отдалечава. Продължава да бие Кристин за известно време и когато осъзнае, че е достатъчно, спира. Кристин пада изтощена и ранена на земята. Хелена идва на помощ и майорът се оттегля. Кристин плаче, не от болка, а от това да разбере, че баща й е безсърдечен негодник. Тя не съжалява за нищо, което е направила, нито за любовта, която е изпитвала към Клаудио. Беше склонна да страда за нещо, което смяташе за свещено. Побоите и заплахите на майора не й попречиха да мечтае за истинската си любов. В края на краищата, какво значение би имал животът, ако изгуби надежда да бъде щастлива? За любов би рискувала да загуби живота си, ако е необходимо.

Хелена помага на Кристин да си вземе душ и след това да се събере в стаята си. Тя не е била в състояние да получи никого или да участва в каквато и да е дейност.

Братовчедът на Геруса

Мимосо беше получил нов обитател, който тъкмо пристигаше на гарата. Беше Клемилда, братовчедка на Геруса. Първоначално от Баия, раждането й е било заобиколено от загадки. Била е родена в точния момент, когато майка й участва в окултен ритуален почит. Откакто се роди, момичето показа определена естествена способност в справянето с тези сили. Страхувайки се от даровете си, майка й я изоставила малко след това пред вратата на благотворителна институция. Спасена е от служители и е отгледана като тяхна дъщеря. От осиновяването й започнаха да се случват мистериозни събития в същата тази институция. Стъкло и огледала се счупиха често, пожари се случиха без видима причина и звукът на ноктите се чуваше на покрива и на прозорците. В един от тези пожари тя беше единственото дете, което избяга. Институцията беше затворена, а тя отново беше станала сирак. След това е грабната от бездомник и започва да практикува дрямка престъпност, за да оцелее. Даровете й са открити и благодетелят й започва да го използва в негова полза, масажно богатство. Израснала е в измама, краде, и е подправяла резултатите от лотарията. Малко след смъртта на нейния благодетел и тя беше свободна от влиянието му. Била е сама в Салвадор. След това решава да напише писмо до братовчед си Геруса (която я посещава редовно и е единственото семейство, което някога е срещала) като й казва ситуацията. Тя я поканила да дойде да живее в Мимосо, където работила като прислужница в увити дом. Клемилда с готовност прие.

Сега тя беше там, на гарата, напълно убедена и убедена в решението си. Тя би вложила плана си в действие веднага след като има пълен контрол над окултните сили. Мимосо би бил идеалното място за царството й на несправедливост. След като завладява Мимосо, тя възнамерява да превземе света. Въпреки това, за да се случи това, тя ще трябва да небалансиран "противоположните сили" и да ги използва в своя полза. Стъпките за вършене на това бяха да разположите проклятие, да изкривите истинска любов и да предизвикате трагедия. С всичко завършено, тя можеше да задуши истинската религия и да поеме контрола над всичко.

Тя проверява адреса, съдържащ се в писмото й, и пита човек наблизо как да стигне до там. Тя е режисиран от човека и започва да ходи. Мислите й са пълни с негативна енергия, а тя мисли само за унищожаване, унизително и извратено. В куфара си тя носи оракул, който служи като посредник между нея и Бога на мрака. Тя си спомня първия си контакт с подземния свят и как се чувства щастлива и могъща за постигането на такъв подвиг. След това е имала многобройни контакти. Последното съобщение, което е получила, е изяснило някои неизвестни за нея факти. Сега беше готова да действа и да започне царството си на несправедливост.

Тя продължава да ходи и скоро вижда красивото бунгало. Тя чувства смес от мъка и страдание вътре в къщата. Тя се смее, тъй като тя приема удоволствие в тези ситуации. Тя ходи малко по-бързо и скоро идва в къщата. Тя плиска и вика да я посещават. Минават няколко момента и Геруса идва да отговори на вратата.

"Братовчед ми, Клемилда. Колко е хубаво да те видя тук.

"Пристигнах преди малко. Имаш място за мен?

"Още не. Майорът е вкъщи и можеш да говориш лично с него. Моля те, обади се.

Клемилда прие поканата незабавно. Тя влиза в къщата (придружена от Геруса) и отива да говори с майора. Тя го намира в хола.

"Г-н майоре, това е братовчед ми Клемилда, който идва от Баия. Тя дойде да говори с ваша светлост.

"Приятно ми е. Казвам се Квинтино и както вероятно вече знаете, аз съм най-голямата политическа власт в този регион. Какво искаш?

"Братовчед ми Геруса ме покани да дойда и да живея тук, в Мимосо, защото бях сам в Салвадор. Чудех се дали вие, сър, може да ми намерите добра работа и място за живеене.

"Е, една от къщите ми е незаета и виджа като как си братовчедка на Геруса, а тя е била с нас толкова много години, че мога да ти го дам. За работата, нищо не ми идва на ум в момента, но когато видя добра възможност, ще ви уведомя. Това всичко ли беше? Геруса ще ти даде ключовете от къщата. Всъщност, това е гигантски замък. Мисля, че може да ти хареса.

"" Това е всичко. Благодарим ви.

Радвам се, че се настаних, вещицата замина за новия си дом. На следващия ден би било началото на жестокия й план.

"Благословията"

Един ден след пристигането на Клемилда жителите на красивото бунгало закусват. Кристин избягва да говори с баща си, тъй като тя все още се възмущава от побоя, тя взе. Хелена и майора говорят свободно.

"Искаш да кажеш, че момчето не иска да дойде, се среща с дъщеря ни? Намирам това за абсурдно. (Елена)

"Баща му го предпочита така. Тя е да се поддържа определен въздух на мистерия. Жалко е, че дъщеря ни не се радва на идеята да се ожени. Бих дал всичко, за да я убедя, че е най-доброто. (Майор)

"Забрави. Не искай невъзможното.

Геруса дочу и решава да се намеси.

"Познавам някой, който може да помогне. Братовчед ми Клемилда е опитен във връзките.

"Мисля, че идеята е добра. Геруса, придружи дъщеря ми в дома на г-ца Клемилда. Ако успееш, ще те възнаградя. (Майор)

"Няма да отида. (Кристин)

"Не е нужно да искаш. Не ме карай да те разбивам отново. (Майор)

Потръпване минава през тялото на Кристин, спомняйки си наказанието. Тя не беше склонна да изпита това чувство отново. Тя е съгласна, въпреки че не е нейна собствена воля. Тя става от масата и придружава Геруса. Двамата напускат къщата и вече могат да видят резиденцията на Клемилда, която седи точно отсреща. Втрисане се усеща от Кристин като предупреждение, че не трябва да ходи. Страхът от баща ѝ обаче бил по-голям и тя решила да си мълчи. Няколкото крака, водещи към резиденцията, бяха покрити. Геруса чука на вратата, за да бъде посрещната. След няколко мига клемилда се появява.

"Чаках те. Влезте. Ти си Кристин, нали?

"Откъде ме познавате, госпожо?

"Всички коментират за вас. Говорят за красотата ти и добрите ти начини. Току-що предположих, когато пристигна. Е, обади се.

Геруса и Кристин влизат, а околната среда беше пълна с отрицателни вибрации. Обектите, които преди това са съставили сцената на ужасите, вече са били премахнати от Клемилда.

"Доведох Кристин тук, за да я посъветвате да приеме брака, който майорът е уредил. Тя е устойчива на тази идея.

"Е, мисля, че мога да говоря с нея. Геруса, ще ни оставиш ли на мира за момент? Между другото, има куп неща, които трябва да бъдат измити в кухнята.

"Никога не се променяш. Винаги се опитваше да ме експлоатира.

Геруса се подчинява и отива в кухнята. Клемилда се приближава до Кристин и започва да обикаля около нея.

"Виждам човек на пътя ти. Казва се Клаудио, нали? Той е млад мъж, мускулест и красив. Срещнал си се на работа и семето на любовта е отложено в сърцето ти. Въпреки това, помисли с мен, защо да не се интересува от теб? Вие сте млади, красиви, интелигентни и преди всичко, дъщеря на мощен майор. Може ли да се окаже, че любовта, която чувствате, не е възпроизведени? Гарантирам ви, че той би имал своите причини: гордост, амбиция и сила. Това търсят хората. Любовта, която сте нарисували в сърцето си, е просто илюзия.

"Няма да ме убедиш толкова лесно. Познавам Клаудио и това, което чувстваме, е истинско. Няма нужда да чета мислите му, за да съм сигурен в чувствата му. Илюзията е този брак, в който ме забъркаха.

"Обмислихте ли, че може просто да е негов план? Не мислиш ли, че е странно внезапното приятелство, което започна? Хората са предвидими. Това, което искат, е да свършат отгоре, независимо от чувствата на другите.

"Отровната ти уста няма да ме обърка. Не трябваше да идвам тук, тъй като не се чувствам добре.

"Дръж се, скъпа. Нека ви благословя, така че да бъдете щастливи в брака си.

Преди Кристин да може да отговори, Клемилда сложи ръка на главата си. Тя говореше неразпознаваеми думи и Кристин започна да се замайва. Вихрушка енергия изскочи от ръцете ѝ и в главата на Кристин. Операцията продължи малко повече от тридесет секунди. По-късно Кристин си свали ръката и се обади за Геруса.

Тя отговори, двамата напуснаха резиденцията и се върнаха у дома. Благословията беше превърнала Кристин в мутант.

Явления

След интригуващата среща с Клемилда, Кристин започва да се чувства тотално различна от преди. Обичайните дейности, които тя извършваше, и които й дадоха удоволствие като плетене, четене и отиване на работа, бяха станали досадни. Това, което остана непокътнато и беше единственото нещо, което направи това, беше чувството, което тя имаше за Клаудио. Освен това около нея започнаха да се случват странни явления. Плетенето, което тя научи като дете, изведнъж не би образувало нищо. Линиите вече изглежда нямаха никакъв смисъл. Докато четеше книга, страницата, която четеше, беше поразена от огнен лъч и изгорена. Почувствала как очите й горят в този момент. Минавайки покрай метални предмети, тя би ги привлякла. Всяко откритие, тя стана нетърпелив и се чудеше какво означава всичко това. Проклятие ли беше? В какво се беше превърнала? Никой не би могъл да знае или по друг начин би рискувала да бъде хоспитализирана и лекари от цял свят щяха да експериментират с нея.

За да ги избегне да разберат, тя спря да излиза с приятелите си и участва само в социални дейности, строго необходими като работа, например. По всяко време тя се стремеше да се контролира, защото явленията се случиха едва когато беше емоционално нестабилна. За да се отърве от проклятието, тя прибягва до различни методи, но никой от тях не се оказа ефективен. Горчива и ядосана, Кристин все повече се изолирала в собствения си свят.

Нов приятел

Рутината на работата, на всеки петнадесет дни, беше практически единствената социална дейност, в която участва Кристин. Чрез нея тя срещна множество хора и се сприятели. Сред тях беше младо момиче, на същата възраст като Кристин, на име Роза. Вродеността беше взаимна и всеки път, когато се виждаха, си прекарваха добре. В един такъв случай Кристин я помолила да дойде у тях и тя с готовност приела. В деня и по времето, когато бяха решили, Роза пристигна, идвайки в градината на къщата, пляскайки да се обяви. Геруса, прислужницата на къщата, оттовори на вратата.

"Как мога да ви помогна?

"Дойдох да говоря с Кристин.

"Само момент ще отида да й се обадя.

Някъде след това Кристин се появява и я кани да излезе с нея на верандата на къщата, защото това беше най-проветривото и релаксиращо място, където да бъдеш.

"Е, Кристин, искам да те опозная по-добре. По-рано ми каза, че ще станеш монахиня. Как мина животът в манастира?

"Прекарах три ценни години от живота си там. Е, монахините бяха мили с мен, въпреки че бяха доста строги. Времето, посветено на молитвата, беше доста обширно и това понякога ме отегчи. Вярвах, че ако човешко същество иска да влезе в контакт с Бог, не беше необходимо да бъдем толкова безкористни и отдадени, защото Бог е всезнаещ и разбира всичко, което желаем. С течение на времето разбраха, че нямам призвание и ме изгониха.

"И така, ти напусна обителта и се върна на света. Не съжаляваш за това решение?

"Всичко зависи от това как го гледаш. Незабавно, не. Въпреки това, сега, когато баща ми ме насила да се омъжа, мисля, че ще е по-добре, ако бях там. Въпреки че това просто ще съм аз да се крия далеч от несправедлив свят, в който живеем, в който родителите решават бъдещето на децата си.

"Някога падал ли си си или си се влюбил?

"Когато бях в манастира, срещнах син на градинаря, който ме плени. Мислех, че е любов в този момент, но скоро след изоставянето му разбрах, че това е просто страст. Истинска любов, която най-накрая открих с Клаудио, моя колегия. Въпреки това опозицията на родителите ми направи връзката ни невъзможна. Единствената ми надежда е молбата, която отправих в планината, която всички твърдят, че е свещена. Разкажи ми малко за себе си. Някога обичал ли си някого?

"Както казах, имам гадже на име Фелипе, син на собственика на склада. И двамата се обичаме и може би един ден можем да се оженим. Родителите ни тотално ни подкрепиха.

"Завиждам ти. Не знаеш колко много ме наранява недоразумение на родителите ми. Иска ми се да бях обикновено момиче, а не дъщеря на всемогъщия майор.

Сълзи изливат лицето на Кристин и приятелката й се опитва да я утешава. Бремето, което носеше на гърба й, беше твърде тежко за тяхната незрялост. Тя искаше да бъде щастлива и видя възможността да бъде толкова хлъзгаща се през пръстите си. За нея останаха само два дни, за да се предаде на сватба без бъдеще и на непознат, че знае само по име. Виждайки, че приятелката й няма повече желание да говори, Роза се сбогува и обещава да се върне друг път. Приятелството им беше важно за Кристин, тъй като тя не се чувстваше толкова изолирана и напълно изоставена.

Денят преди сватбата

Близостта на сватба Кристин все повече да се възбуди. Беше говорила със свещеника, разговаряла с приятелка и била направила последен опит да убеди родителите си да се откажат от идеята да се оженят за нея. Засега тя не беше получила никакви резултати. Свещеникът предложи да подаде оставка и да приеме положението си. Как е могла да го направи? Именно животът и щастието й бяха заложени на карта. Тя научи, в манастира, че всички човешки същества са свободни да вземат свои собствени решения и да водят собствените си съдби. Правата й са били потиснати от общество, в което децата са женени от родителите си. С приятелката си тя разискваше за нея и бъдещето на Клаудио. Нито беше намерил истинска и осезаема алтернатива, която да доведе двамата да бъдат заедно, различни от надеждата на светата планина и искането, което Кристин отправи към нея. Това беше единственото нещо, което й остана да направи; изчакайте чудо или малко вероятното да се случи.

Кристин отива към терасата и започва да гледа небето. Тя си спомня моментите, прекарани в планината и звездите, които тя и Клаудио наблюдавали заедно. Те бяха свидетели на усещането, че обединиха двамата и дори майорът и социалните му конвенции никога да не го позволят, двамата щяха да продължат да се обичат. Гледайки небето, тя се надява следващият свят да бъде по-справедливо и по-добро място и че тези, които наистина познават истинската любов, могат да постигнат щастие. Тя помни Бог и как е научила колко е прекрасен. Тя моли Бог да отдаде желанията на най-простите мечтатели, без да се налага да влиза в пещера или нещо друго подобно. Тя също така моли за сила, за да издържи мъченичеството си до края. Чувствала се е като мутант и е разочарована от любовта. Тя плаче последните сълзи, които й бяха оставили да плаче и се прибира вкъщи.

Трагедия

Най-накрая беше дневна светлина и това означаваше, че ужасният ден беше пристигнал. Кристин се събужда, но се опитва да се преструва, че спи, за да не се изправи пред реалността. Кой да знае, може да я забравят и може би всичко, което е изстрадала през последните дни, е било само прост кошмар? Искаше да отвори очи и да намери Клаудио, истинската й любов. Тя искаше да се омъжи за него, а не за непознат, за този син на полковника от Рио Бранко. За момент тя се чувства сякаш е в Сукавон и си припомня всеки детайл от случилото се там. Изглежда тя е там, усещайки силата на водата, мъжественото прегръдка на Клаудио и миришейки аромата му. Тя се рови дълбоко в тази мисъл, докато глас не я обезпокои и не я върне към реалността. Беше майка й.

"Кристин, дъщеря ми, събуди се, гостите на сватбата вече пристигат. Забравихте ли, че ще се проведе в 8:00 часа сутринта?

"О, майко, имай търпение. Едва спах цялата нощ мислейки за този брак.

Кристин се издига доста мрачно и отива в банята, за да се изкъпе. Майка й чака в стаята си. Около двадесет минути по-късно тя се връща и намира красивата си рокля, разпръсната на леглото. Тя го наблюдава и мисли, че е хубава, макар и меланхолия. Майка й й помага да се облече и да си сложи грим. С всичко готово, тя се приближава до огледалото, за да види как изглежда. Тя вижда с разбито сърце версия на себе си, въпреки че е съставена красиво. Тя мисли за идеята какво щеше да се случи и за бъдещето й отстрани на неизвестен мъж. Изведнъж огледалото се пропуква и се чупи, със страхотно щракване. Кристин крещи и майка й се втурва към помощ. За щастие, тя не пострада. Чувства болка в гърдите си и се чуди какво ще стане. Тя си спомня повтарящите се мечти. Майка й я успокоява и казва, че е нищо. Двамата влизат във всекидневната, за да се срещнат със семейството на младоженеца и да получат някои гости. Майорът поема ръката на Кристин и започва да я представя.

"Г-н Хенрик, това е дъщеря ми Кристин. Не е ли красива?

"Да, много е красива. Синът ми е щастливец. Днес ще завърши съюза на семействата ни и това ме прави много щастлив.

Кристин принуждава смях, за да не бъде неприятна. Майката на младоженеца също се опитва да бъде мила.

"След като сте женени, ако имате нужда от помощ, не се колебайте да ме попитате. Жените от семейството ни са много близки.

Карина, сестрата на младоженеца, стъпи напред също и хвали косата на Кристин. Майорът и Елена посрещат гостите си, които все още пристигат. Когато часовникът удари точно 8:00 AM всеки излиза на терасата, където ще се проведе бракът. Кристин се разхожда, от майора, до импровизирания олтар. На път към олтара, тя може да види за кратко, лица с тревожни изрази. Тя вижда Майката Висшестояща и монахините, които бяха живели с нея в манастира. Тя вижда и първите си професори и братовчедите си, дошли от Ресифи. Всичко на всичко, тя може да усети очакването и вълнението на момента. Движейки се напред малко повече, тя вече може да види младоженеца и отец Чиаварето. Изведнъж ярост вътре в нея я превзема и я кара да мрази и двете. Защо онзи човек на име Бернардо се беше съгласил да се ожени за нея? Все пак той беше мъж и имаше повече свобода на действие. Тя би се предала на брак без бъдеще и би била нещастна до края на живота си. Ами бащата? Как го заключиха да участва в онзи фарс? Църквата трябваше да застава до нея и да бъде неин съучастник, вместо да приеме ситуацията.

Тя се доближава до младоженеца и гневът й не опазва. Виждайки го, лъч мълния идва направо от очите й и го удря право в гърдите. Пада над, мъртъв. Метежите в публиката се разбуждат и Кристин пада в краката му.

"Тя е чудовище! (Някои писък)

Майорът действа бързо и изпрати своите привърженици, за да помогне на Кристин да се издигне и да я предпази от ядосаната тълпа. Междувременно монахините се кръстосват, не вярвайки на това, което току-що са видели. Семейството на младоженеца се опитва да притисне делегата да действа, но майорът отхвърля действията му. Накрая Кристин е спасена, а майорът отпрашва гостите. Партито и всички празненства се отменят. Уговорените бракове бяха довели до трагедия.

Черният облак

Със завършената трагедия Клемилда започва да прави заклинание, което ще достигне целия район на Мимосо. Тя имаше властта да направи това, защото беше изпълнила трите стъпки: Беше поставила проклятие, беше изкривила истинската любов и предизвика трагедия. Сега, служението на несвятата беше готово за действие, задушавайки християнството. Тя се доближава до казана и слага последните съставки в него за заклинанието си. Произнасяйки неразпознаваеми думи, тя танцува около нея. Изведнъж тя спира и казва с дълбок, силен глас: "Тъмен облак, появи се!"

Веднага, голям, черен, дебел облак покрива небето на Мимосо. Слънцето също е покрито и с това, че естествената светлина на небето намалява значително. Проклятието беше програмиран да влиза в сила всеки ден след 12:00 ч. С това вещицата щеше силата й да се удвои и да може да действа по-свободно.

Мъчениците

Малко след разгръщането на черния облак вещицата започва да действа. Наела е двама езичници, Тотоньо и Клийд, за да й съдействат в окултните й творби. Освен това тя инструктира двамата да се отърват от представителите на християнството на мястото. Първите жертви са отец Чиаварето и Безплатно Нунес, които посещават Мимозо. В допълнение, някои вярващи бяха обезглавени, а други сложиха колове, за да изгорят в пожари. След убийствата те започват да унищожават малкия параклис, който е издигнат в чест на Свети Себастиан. На практика не остана нищо друго освен кръста, който стоеше непокътнат въпреки опитите да го унищожи. Това беше символът, че християнството все още е живо и може да реагира.

С завършено господство кръгът на "противникови сили" се разпусна и той породя дисбаланс. Ако ситуацията остане такава дълго време, Мимосо би рискувал да изчезне. Това е така, защото силите на доброто не биха останали в плен преди това светотатство. В крайна сметка това би довело до непредсказуема война, която може да унищожи и двата свята.

Край на Видението

Последователността от образи от видението, която изпълни съзнанието ми, внезапно спря. Съзнанието постепенно се връща и се оказвам държащ страница на вестник със заглавие: Кристин, Младото чудовище. Наблюдавам го и мисля, че заглавието ужасно неадекватно, тъй като трагедията, която се случи, по никакъв начин не беше нейна вина. Тя беше, но още една жертва на жестоката и могъща мащеха Клемилда. Изведнъж започвам да разбирам защо идва пътуването ми във времето и победата ми над пещерата. Бях част от заговор по съдба, за да се опитам да извлека благословения Мимосо от обятията на трагедията. Мисията ми беше да съберем "противоположните сили" и да помогна на собственика на вика, чут в пещерата. Бях сигурен, че собственикът на този глас е красивата г-ца Кристин. Мутирала, напълно горчива Кристин ме очакваше. Ще трябва да я убедя да реагира и да я направя мой съюзник в борбата срещу силите на злото. Накрая ще трябва да си спомня ученията на настойника и страшната пещера на отчаянието, пещерата, която беше реализирала мечтите ми и ме направи Гледача. Сега имах ново предизвикателство и бях готов да го посрещна.

С вестника в ръка прочетох цялата история за Кристин. Те твърдяха, че тя е чудовище от детството и че едва тогава е била открита. Смес от не е вредно и гняв изпълват цялото ми същество. Как онези журналисти имаха смелостта да публикуват това? Бяха се възползвали от трагедия, за да кажат лъжи. Кристин никога не е била, нито пък може да е чудовище. Просто беше прокълната от зла и извратена вещица. От добрите хора беше да й помогнат и да я излекуват. Продължавам да чета вестника и те твърдят, че Кристин е била млад бунтовник, напуснал манастира заради лошо поведение. Отново съм револвирани. Чувствам се като да изтръгна целия вестник. Проклети журналисти, изкривяват всичко, за да печелят пари. Кристин беше младо, покорно момиче и беше последвала съвета на майка си да се обзаведе в манастир. Когато сестрите осъзнаха, че тя няма призвание, те я изгониха. Напуснах четенето на новините, защото не беше вярно. Видението ми беше достатъчно, за да знам къде стоя. Взимам вестника и го връщам в чекмеджето на шкафа, до масата, откъдето го бях получил. Ставам и започвам да съставям план за действие в съзнанието си. Ще трябва някак да съберем "противоположните сили" и да помогна на Кристин да намери истинско щастие. Приближавам вратата и тъкмо ще я отворя.

Свидетелство

Когато се отвори, съм изненадан да видя събиране на хора в малкото фоайе на хотела. Какъв беше смисълът на всичко това? Приближавам се, за да мога да попитам.

"Какво става тук?

Помпей, делегатът, говори по-високо.

"Тук сме, защото срещу вас бяха отправени сериозни твърдения. Трябва да дойдеш с нас, момче.

Делегатът сигнализира на неговите и те носят белезници. Сложиха ги на китките ми, а аз се чувствам грешен, като роб обратно в старите времена. Кармен се опитва да се намеси, но делегатът не слуша.

"Това наистина ли е необходимо? Имам чиста съвест.

"Ще видим за това на гарата, синко. (Майор)

Подчинявайки се на заповедите му, започвам да ходя и влакът тръгва също. При напускането на хотела осъзнавам, че имаше много повече присъстващи хора, заинтересовани какво става. Какво искаха с мен? Извърших ли престъпление? Откакто пристигнах в Мимосо, се бях старал много да не обръщам внимание на себе си. Сега обаче ме закопчаха и ме заведоха в полицейския участък. Започвам да се притеснявам какво точно да им кажа. Не можех да кажа цялата истина и да заплаха мисията. Ще трябва да се защитавам от обвиненията с добър здрав разум и интелигентност. Започвам да мисля за Клаудио и начина, по който го хвърлиха в затвора. Бих се сетил за начин да избегна същото, което се случва и с мен.

Някои десет минути след напускането на хотела, най-накрая пристигаме в внушителния полицейски участък. Майор Квинтино и делегат Помпей влизат с мен. Другите са отвън и чакат решение. При влизането в частния офис на делегата ми махат белезниците и с това съм по-освободен.

"Е, седнете, г-н пророк. Сега аз съм този, който ще зададе въпросите. Първо, как е истинското ти име и откъде си? (Делегат)

"Казвам се Алдиван и съм от Ресифи.

"Какво правиш наоколо, ако си от Ресифи? Каква е професията ти?

"Аз съм репортер на вестник "Кепитъл" и дойдох да търся хубава история. уверявам ви; намеренията ми са възможно най-добрите. Не съм престъпник и не искам да нараня никого.

"Какво имаш да кажеш за безмилостните разпити, на които си подавал хората от това място? Какво точно имаш предвид, като правиш това?

"Тя е част от моята работа, стратегия, в която да събирам информация. Въпреки това, ако това е станало неудобно за никого, аз ще спра.

"Както може би знаете, кралица Клемилда е направила указ срещу вашия човек. Какво ще кажеш на това? Случайно, ти ли си неин враг?

"Мисля, че е по-добре да не отговарям на този въпрос.

"Е, нямам допълнителни въпроси. Майоре, имате ли още въпроси, които искате да зададете на този човек?

"Да. Искам да знам дали работи за опонентите на правителството.

"Не, изобщо. Не търся да се включа в политически въпроси въпреки че мисля, че сегашната система е доста несправедлива.

"Е, г-н Алдиван, мисля да ви оставя да останете в затвора за няколко дни, за да проверите дали всичко, което е казано тук, е вярно.

"Няма да остана тук. Това е несправедливо. Ако направиш това капризно решение, ще те денонсирам пред губернатора, който ми е близък приятел.

Майорът и делегатът са изумени от реакцията ми и от новината, която току-що бях дал. Те се събират, за да общуват мълчаливо и да разрешат да не рискуват. Накрая ме освобождават въпреки протестите на някои хора извън полицейското управление. Планът ми беше проработил.

Обратно към хотела

Когато напусна гарата, започвам да се чудя защо хората от Мимосо са реагирали толкова пасивно. Те живееха под тиранията на жестока вещица и майор. Мисля, че може би това е страх, който спира всякакви ответни мерки от тях. Изведнъж започвам да си спомням трите врати, от които трябваше да избирам, за да напредна в пещерата. Те представляваха страх, провал и щастие. Там се научих да контролирам страховете си и да се сблъсквам с тях въпреки всички фактори в пещерата, това изгаряне да ме спъват като тъмното, неочакваното и всички клопки. Научих се също да се сблъсквам с провал не като край, а като възобновяване на нов план. Накрая избрах вратата на щастието. Мнозина са роби на ежедневието си, на егоизма, на морала, срама и собствените си способности да мечтаят. Това са тези, които се провалят и се страхуват. Дори не рискуват да влязат в пещерата, за да изпълнят желанията си. Те стават нещастни хора без самолюбивост.

Поглеждам на моя страна. Виждам хора, които дори още не ме познават, които са много ядосани на освобождаването ми от полицейския участък. В дъното на сърцата си те вече ме съдиха и осъдиха. Колко често правим това? Колко често мислим, че притежаваме истината и че имаме силата да осъждаме? Помнете какво каза Бог: Извадете първо лъча от собственото си око, преди да го насочите към брат си. Той каза това, защото всички имаме недостатъци и това прави нашите преценки частични и неясни. Само онези, които познават човешкото сърце и които са свободни от целия грях, могат да видят всичко ясно. Търся за последен път тези хора и ги съжалявам, защото предпочитат алчното си чувство за справедливост, вместо да размишляват върху собствения си живот. Оставям ги и продължавам пътя си обратно към хотела. Започвам умствено да организирам всяка стъпка, която бих направил, за да съберем отново "противниковите сили" и да помогна на г-ца Кристин. Тя беше собственик на онзи писък, който чух в пещерата на отчаянието и това ме накара да пътувам във времето. Това пътуване беше част от процес на духовно и човешко подобрение за мен и в същото време имаше за цел коригирането на несправедливостта. Продължавам да вървя и след около пет минути стигам до хотела. Ренато и Кармен чакат пред портата. Те са мои спътници в тази битка. На следващия ден ще е най-подходящото време да започна плановете си.

Идеята

Първите слънчеви лъчи галят лицето ми и силата на естествената светлина току-що ме събуди. Оставам неподвижен за известно време, защото нямах толкова лека нощ. Все още си спомнях кошмара, който имах снощи, който ме накара да се събудя. В съня бях с едни млади хора, говорещи за книгата ми. Говорих за очакванията си и надеждите да получа търговски издател за него. Заедно идва малко дявол притеснява и плаши всички. Хората избягаха и демонът, който не показа лицето си, възкликна: "Така че вие всичко сте разбрали!"

В този момент кошмарът свършва и се събуждам посред нощ, изпотявам се обилно. Какво означаваше това? Имаше ли нещо общо с историята на Мимосо? Не бях сигурен. Това, което знаех е, че исках да имам прилично място във Вселената и ако съдбата ми и призванието ми бяха в литературата, щях да го следвам с голяма страст. В края на краищата, защо бях влязъл в пещерата, ако не бях да стана Гледачът, някой способен да надмине времето, да предскаже бъдещето и да разбере най-объркваните и затруднени сърца? С тази мисъл се обръщам в леглото и се изправям. Наблюдавам Ренато, който все още спи и се чудя защо настойникът беше настоял толкова много за това, че го доведох със себе си. До сега едва допринасяше. Какво би могло да направи едно дете за мен? Е, не знаех. Отклонявам вниманието си от него и се отправям към тоалетната, за да се изкъпя бързо. Ваната би ме оставила по-достъпна. Влизам, включвам водата и започвам вече да усещам ползите. Сещам се за семейството си и Чувствам се като у дома си. Спомням си майка ми и сестра ми и как бяха толкова противни на съня ми. Чувство на прошка нахлува в моето същество и накрая забравям този факт. Все пак именно аз трябваше да вярвам в собствения си талант и да се обаждам. В допълнение към измиването на тялото си, аз се опитвам да изчистя съзнанието си за всякакви примеси, защото трябваше да съм готов да преодолея пречките и предизвикателствата, които може да се появят. Изключвам водата и сапуна нагоре.

В този момент една малка капка, сама по себе си, докосва главата ми и пътувам мигновено през далечни измерения. Виждам се на небето, говоря с ангели и ги питам какъв е смисълът на живота. В отговор чувам звънене и това ме оставя по-объркан. След ангелите говоря с апостолите и един от тях ми казва, че съм много специален за Бог. Счита ме за негов син. Виждам, от разстояние, Девата и тя ми изглежда същата като онзи път, когато съм я виждал: чиста и мъдра. След това виждам Бог Христос на трона си, с цялата си слава и той ми казва да бъда добър и да се доверявам на таланта си. Всичко това се беше случило за по-малко от една секунда, времето, когато беше необходимо капката вода да докосне главата ми. После виждам кранът, водата, която тече по тялото ми и се връщам към реалността. Решавам да го изключа, защото съм достатъчно чист. Излизайки от банята, намирам Ренато все още заспала и съм разстроена. Разклащам тялото му енергично, за да го събудя. Става мърмори и отива да се изкъпе. Възползвам се от възможността да отида в кухнята на хотела и да закуся. Когато пристигна, съм добре приет от всички, а Кармен ми сервира леки закуски.

"Искаш да кажеш, че вчера делегатът те е освободил просто така? (Риванио)

"Успях да го убедя. Нямаше причина да ме държи затворен там.

"Извади късмет, момче. Често срещано е в това село да се появят много несправедливости. Пример за това е Клаудио. Арестуван е, защото се е забъркал с дъщерята на майора. (Гомес)

"Наистина е жалко. Ако можех да направя нещо за него...

"По-добре не смей. Майорът би те считал за свой враг и това би било кошмар. Методите, които майорът използва, за да се справи с враговете си, не са приятни. (Кармен)

Предупреждението от Кармен ме остави доста отразяващо. Трябваше наистина да внимавам, защото майорът и вещицата не трябваше да се шегуват. Стъпвах във вражеска територия и ще трябва да играя правилните ходове, за да изляза победител. Разговорът продължава към други поданици, а аз си довършвам закуската. Щом приключа, Кармен ми се обажда за личен разговор.

"Е, време е да обсъдим плащането, както бях заявил по-рано. Имаш ли пари?

Въпросът ме хвана малко изненадано, но си спомних, че съм донесъл някои с мен на пътуването. Извиних се, погледнах в чантата си и се върнах с някаква промяна. Кармен взе парите и попита.

"От коя страна са тези пари? Никога не съм чувал за "Рейс". За съжаление, не мога да го приема. Искам национална валута.

Отговорът на Кармен беше като шамар в лицето и след това осъзнах, че през 1910 г. парите ми нямат стойност. Нямам отговор.

"Е, виждам, че нямаш пари. Тогава ще трябва да си намерите работа, за да ми платите. Какво ще кажеш, ако работиш за майора като журналист?

"Не мисля, че това е добра идея. Въпреки това, това е единственият вариант, който имам. Ще говоря с майора и ще поискам работа.

"Това е пътят. Пожелавам ти успех.

Кармен ме прегръща и се оттегля. Идеята ѝ не беше толкова лоша. Бих имал възможността да се срещна с Кристин и кой знае, може би дори да имам контакт с нея.

Фигурата на майора

Малко след като говорих с Кармен и тя, след като ми даде идеята, реших да уредя всичко. Все пак часовникът тиктакаше и сега имах малко повече от две седмици, за да събера "противоположните сили" и да помогна на Кристин да намери съдбата си. Имайки предвид това, отидох в стаята си, сложих добри дрехи и си тръгнах. При напускането на хотела започвам да се концентрирам и да мисля за най-добрия начин да се отнасям към майора, защото той беше труден човек, много предубеден, горд и надвит. Кристин и Клаудио бяха някои от жертвите на начина му на мислене и актьорски умения. Не исках да стана още един и ще трябва да избера правилните думи. Продължавам да размишлявам върху майора и да мисля за многобройните трудности, през които е преминал, когато е бил само дете. Той обаче изглежда не е научил нищо, тъй като не може да пропусне възможността да унижи и навреди на хората. Животът сърцето ми и душата му. Той не беше ничия идея за перфектен шеф, но имах нужда от работата, за да изпълнявам плановете си.

За момент спирам да мисля за това и ускорявам малко, защото съм близо до бунгалото. Оглеждам се около мен и хората, които виждам, са тъжни и съобразен. Мисля, че хората от Мимосо са отчасти отговорни за настоящото положение на тиранията и несправедливостта, която се случва на това място. Те бяха доминирани от нечестива вещица и от големия представител на Системата на полковника. Единият заплашвал хората с черна магия, а другият използвал сила за сплашване и тормоз. И двете могат да бъдат преобърнат, ако всички обединени в бунт срещу тях. Липсата на инициативност и конформизъм ги държеше в една и съща ситуация, доминирана. И така, силите на доброто действаха и ме накараха да пътувам до планина, за която всички казаха, че е свещена. Там срещнах настойника, младото момиче, призрака, момчето, изпълних три предизвикателства и влязох в пещера, способна да сбъдне най-дълбоките мечти. В пещерата избягах от капани и напреднах сценарии, докато стигнах края. Бях трансформиран в Гледачът и пътувах навреме, преследвайки глас, който не познавах. Това беше гласът на г-ца Кристин, наскоро променената дъщеря на майора. Майор, пред когото сега бих се изправил, за да си получа работа и да платя дължимото на Кармен. Накрая идвам в бунгалото и прислужницата на къщата идва да ме поздрави в градината.

"Как мога да ви помогна, сър?

"Казвам се Алдиван и съм журналист. Искам да говоря с майора. Вкъщи ли е?

"Да. Обади се, той е във всекидневната.

Със сърдечните си състезания влизам в красивото бунгало. Тревогата и нервността ми ме убиваха. Влизам в стаята и поздравявам майора.

"Какво ви води насам, г-н пророк?

"Е, както вашето Превъзходителство знае, аз съм журналист. Така че, мислех, че ваше Превъзходителство може да се нуждае от услугите ми и реших да дойда тук, за да прегледам договора си.

"Виж, не те познавам добре и все още не съм сигурен дали си шпионин или принадлежиш на опозицията. Не мисля, че мога да ти помогна.

"Гарантирам, че съм надежден и майор като вас се нуждае от журналистическа подкрепа, която да бъде одобрена от обществото. Тя е както се казва в поговорката; медиите е кой създава човек.

"Гледайки така, мисля, че може да е добра идея. Да направим експеримент, за да видим дали работи. Въпреки това, ако навредите на имиджа ми, ще бъдете третирани като враг и може да сте чули, че това в никакъв случай не е удобно нещо, което да се е случило. Що се отнася до заплатата, това ще бъде добри пари. Не е нужно да се тревожиш.

"Благодаря. Обещавам да не те разочаровам. Кога започвам?

"Захвани се за работа възможно най-скоро. Искам да видя как името ми е разпространено из пернамбуко. Искам да съм легендарен и запомнен от много поколения.

"Ще бъде така, майоре. Обещавам ти.

Сбогувам се и си тръгвам. С изпълнената мисия се чувствам по-спокойна и уверена. Убеждаването на майора не беше толкова трудно, защото беше жаден за власт и слава. Бях играл в слабостта му и така излязох победител.

Заданието

Майорът ми даде първите си инструкции и започнах да работя за напредъка на името му. В общи линии моята работа беше да го укрепя, като разпространявам неговите деяния и благоволение към местното население и допринасям за кампанията му, когато ще се кандидатира за кмет на общината. Тези задачи не ме поставиха в удобно положение, защото бях напълно в разрез с идеалите на Системата на полковника и отношението на майора. Знаех обаче, че това е единственият шанс да се сближим с Кристин, тъй като тя беше напълно запазена след трагедията. Мотото ми беше: Това е краят, който оправдава средствата. Една от първите статии с новини, които трябваше да разкрия, беше следната: основните помагащи нуждаещи се семейства. Уточних датата, говорих за добрината на майора и действията му и споменах благодарностите на хората и катастрофалната ситуация, в която се намираха. Най-важното обаче не беше оповестено. Не споменах, че парите, използвани за закупуване на кошниците за храна, идват от данъци и че в замяна майорът изисква семействата да гласуват за него за кмет. Актът на "доброта" не беше нищо друго освен игра на интерес, която беше много популярна по време на управление на Системата на полковника. Сега станах съучастник на тази система дори против собствената си воля. Опитвам се да не мисля повече за това и да продължа да работя. Стратегията ми сега беше да намеря начин да общувам с Кристин и да я оставя да намери собствената си съдба.

Първата среща с Кристин

С много произведен материал приближавам бунгалото, където живее майорът. Одобрението му се изискваше за по-нататъшно публикуване на работата. По пътя при мен идват идеи и си мисля, че ще му ги спомена. Мисля, че по-добре от това и в крайна сметка се отказва от идеята, защото майорът беше твърд човек и като цяло не прие предложения. Вървя още няколко крачки и най-накрая идвам в резиденцията. Когато пляскам, красиво момиче идва да ме поздрави.

"Какво искате, сър?

"Дойдох да говоря с майора.

"Не е тук. Можеш ли да дойдеш друг път?

"Няма проблем. Може ли да говоря с вас? Вие сте г-ца Кристин, нали?

"Да. Казвам се Алдиван и съм репортер за вестник "Кепитъл". Работя за баща ти.

"О, баща ми е говорил за теб. Правиш статии за него, нали?

"Да. В допълнение, аз се интересувам от вашата история. Може ли да поговорим за минутка?

"Моята история? Мисля, че това не те засяга.

"Настоявам. Мога да ти помогна да откриеш себе си. Дай ми възможност.

Изведнъж очите на Кристин се фиксират върху моите и веригите ни от мисли се обединяват. След няколко мига тя може да ме опознае малко по-добре. Тя мисли междувременно и решава.

"Добре, ще взема два стола, за да седнем тук на верандата.

Тя влиза в къщата и се връща малко след това. Тя седи до мен и мога да подуша възхитително естествения й ароматен парфюм.

"Е, Кристин, това, което привлече вниманието ми, беше новината, която прочетох във вестника в Ресифи наскоро. Говореше за трагедия и за теб като личност.

"Написаното е вярно и е докладвано в целия Пернамбуко. Аз съм чудовище! Аз съм чудовище! Сложих край на живота на това момче. Той беше жертва на тази ситуация точно както аз. Сега, след трагедията, аз съм сам и всички бягат от мен. Нямам повече приятели, дори Бог. На дъното съм.

"Не говори така, Кристин. Ако се чувствате виновни тогава спрете, защото това, което се случи, беше изгорен заговор на силите на злото, представени от Клемилда. Взеха всичко от теб, дори твоя Бог. Ако реагираш, може да има надежда.

"Откъде знаеш всичко това? Кой си всъщност?

"Ако сега се опитам да ти обясня, нямаше да разбереш. Искам да знаеш, че в мен имаш страхотен приятел, завинаги. Вече не сте сами.

Сълзи изливат лицето на Кристин с моята искреност. Тя ме прегръща и казва, че напоследък й липсва привързаност. Опитвам се да рестартирам разговора.

"Кажи ми, как беше опитът ти в манастира. Намери ли Господ там?

"Да, направих го. Въпреки това, можем да намерим Бог навсякъде. Той е във водата на водопада, който се спуска, напълно доставен до местоназначението си, Той е в пеенето на птиците в разсъмване, и Той е в жеста на майката, която защитава сина си. Както и да е, той е вътре в нас и моли да се чува непрекъснато. Когато разбрах това и се научих да го слушам, разбрах, че призвание ми не е това да бъда монахиня. Научих, че мога да Му служа по други начини.

"Възхищавам ви се за този жест и съм съгласен с вашето определение. Колко хора се заблуждават през целия си живот и се предават на пътища в живота, които не са за тях. Понякога, това се случва под влиянието на родители, общество или просто груб как да слушаме този вътрешен глас, който всички ние имаме и който наричате Бог. Откакто реши да напуснеш религиозния живот, предполагам, че си намерил любов.

"Да, но не искам да говоря за това. Все още боли толкова много, трагедията, и всички събития, предшестващи я.

Разрешавам да уважавам мълчанието на Кристин и да не смея да я питам нищо повече. Сбогувам се и питам дали може да поговорим някой друг път. Тя казва "да" и това ме прави щастлив. Първата ми среща с Кристин беше успешна.

Върнете се в Замъка

След първата среща с Кристин, реших отново да се изправя пред мощната господарка Клемилда. Тя трябваше да знае, че силите на доброто са на работа и че Министерството на злото е към края си. Отново отивам в страшния черен замък. Той има същия аспект като времето преди и аз започвам да треперя се, дишам нередовно и сърцето ми беше по-скоро ускорено. Каква мистика беше това? "Противниковите сили" викаха вътре в мен. Докато се приближавам, притеснявам и объркани гласове се опитват да ме измъкнат от пътя ми. Коленича на пода и се опитвам да изчистя съзнанието си, за да процедя. Гласовете са силни. Започвам да си спомням ученията на настойника, предизвикателствата и пещерата. Помня и медитацията си и как ми помогна. Прилагам наученото и започвам да се чувствам по-добре и мога да продължа. Ставам и вървя по последните стъпки, най-накрая пристигам. Вратата за достъп моментално се отваря и без страх минавам през нея. Сцената на ужасите от времето преди да се повтори, но не обръщам повече внимание на нея. Твърдо и непоколебим, отивам в коридора, където ме посреща Тотоньо, един от приятели на Клемилда. Изпраща ме в стая. Вътре, в центъра, клемилда носи качулка.

"На какво дължа честта на поредното посещение от Гледачът? Дойдохте ли да поздравите работата, която върша в това селски място?

"Не започвай с мен. Знаеш ли, дори повече от мен, че дисбалансът в "противоположните сили" заплашва Мимосо и дори вселената. Искам да си тръгнеш от тук възможно най-скоро. Болката, която причини на хората, особено младо момиче на име Кристин е прекалено много. Радвам се, че станах приятелка с нея и започвам да я карам да вижда собствената си съдба.

"Съмнявам се, че ще можете да я убедите да бъде уверена, напълно свободна от вина, младо момиче. Трагедията засегна сетивата и чувствата й. За "противните сили", прав си, но няма да е лесно да ме измъкнеш оттук. Предлагам сделка. Ако убедите Кристин наистина да промени курса си и ако завършите три предизвикателства в три различни дни, ще имате право на финална битка. "Противоположните сили" ще се срещнат и ще се изправят един срещу друг, и който спечели, ще управлява за вечността.

"Битка? Не е ли опасно? Вселената има опасност да изчезне, ако нещо се обърка.

"Нямаш избор. Взели са го или са го оставили. Наистина ли искаш да спасиш Мимосо? Тогава се изправи срещу силата на "Тъмнината".

"Сделка. Ще го направя.

Като казах това, аз се оттеглих от стаята и търсих изхода. Предстоеше да започне война между "противоположните сили" и аз бях един от главните герои на тази конфронтация. Не знаех какво ще се случи, но бях готов на всичко, за да обърна дисбаланса на "противоположните сили" и да помогна на Кристин.

Съобщението II

Срещата с Клемилда ми съобщи, че трябваше да действам незабавно и да приложа плана си в действие. Войната между "противните сили" беше обявена и аз имах основна роля в нея. И така, реших да напиша бележка, адресирана до Кристин, като я поканих за друга среща. След като я написах, се обадих на Ренато и го помолих да достави бележката в самата й ръце. Взе го и си тръгна без забавяне. Около двадесет минути по-късно се върна, като свърна със себе си отговора. Хващам вестника внимателно и го отварям бавно, сякаш се страхувам от отговора. Той съдържа следното съобщение: Запознайте се в 7:00 сутринта на пътя за Климерио. Радвам се да чуя, че тя прие поканата и надеждите ми за възстановяване на нейното увеличение. Тя беше ключов играч в борбата срещу силите, които ни се противопоставят.

Пътуване до Климерио

Денят на срещата най-накрая беше тук. Ставам и подреждам най-подходящата стратегия, която трябва да се използва на срещата. Отивам до тоалетната и се къпя, мия си зъбите и отивам да закусвам. След завършването на всички тези стъпки съм готов да изляза и да намеря Кристин. Мястото за срещи, което познавах добре. Беше в Климерио, разположен на изток от Мимосо. С разпореждането, с което се бях събудил, започвам да вървя към мястото на срещата. Беше минало 7:00 сутринта и точно по това време Кристин трябваше вече да напусне къщата си. Споменът за първата ни среща ми идва на ум и се чудя дали Кристин ми вярва вече, защото е била много прибрана по време на първите моменти от интервюто. Е, нищо чудно. Бях непозната, непозната, която се оказа изключително знаеща за детайлите в живота й. Това генерира безпрецедентен удар. Радвам се, че бях заявил ясно, че искам да й бъда приятел и да видя как се чувства изключително самотна напоследък, тя прие, поне временно, съвета ми и съвета ми. Сега бях готов за втория етап, който беше най-важният.

Вървя известно време в същата посока и по-нататък виждам фигурата на Кристин. Веднага започвам да бягам, за да се срещна с нея.

"Как си, Кристин? Приятна вечер ли прекара?

"Откакто се случи трагедията, не съм имал хубави нощи. Винаги сънувам брака си и всичко, което се случи там. Не знам колко дълго ще живея така.

"Трябва да го оставиш, Кристин. Забрави вината и угризението, защото само ти навредят. Научих, че в живота трябва да живеем в настоящия момент и да забравим нашето наранено минало. Добрите времена са тези, които трябва да помним, за да се укрепим и да продължим да вървим с високо вдигнати глави.

"Това са само думи. Болката, която чувствам вътре, все още е твърде много.

"Един ден ще го преодолееш. Сигурен съм в това. Е, Кристин, имам нещо сериозно да говоря с теб. Става въпрос за тази вещица Клемилда, която се позове на силите на мрака, за да превземе село Мимосо. Тя беше отговорна за трагедията и всички други лоши събития тук оттогава. Изправих се срещу нея и съм решен да прекратя управлението й. В отговор тя ми предложи сделка. Сега, трябва да събера "силите на доброто" за битка. Какво ще кажеш? Готов ли си да ме защитаваш в тази битка?

"Не знам дали съм готов. Клемилда е братовчедка на Геруса, а Геруса на практика беше майка за мен. Знам, че е лоша и съм напълно против действията й. От друга страна, тя на практика е от семейството. Именно "противоположните сили" объркват сърцето ми и ме оставят под съмнение.

"Разбирам. Трябва да ви напомня, че имате ключова роля във войната, която предстои. Преди да решите, помислете за хората, за християнството и за себе си.

"Обещавам, че ще помисля. Искаш ли да ми кажеш нещо друго?

Мисля, че няколко момента преди да отговоря и се чудя дали е готова. Аз решавам да поема риска.

"Да, цялата истина. Кристин, в продължение на много години бях млад мечтател и изпълнен с надежда. Въпреки усилията си обаче не можах да постигна целите си. Прекарах три години от живота си напълно безлюден: нямах работа и не учех. Да бъда на дъното ме доведе до криза, която почти ме докара до лудост. По време на тази криза се опитах да се доближа до Създателя, за да получа малко мир и утеха. Колкото повече настоявах обаче, толкова по-малко получих отговори. И така, опитах се да се да избягам в Дявола, търсейки из лекуване и отговори. Отидох на сесия и те ми обещаха, че ще мога да се излекувам и да бъда щастлив. В замяна ще трябва да променя религиите и да правя точно това, което казаха. В деня и в часа белязано за завръщането ми на това място получих отговора, че Бог го е грижа за мен. Той изпрати своя Ангел и ме предупреди да не се връщам, че няма да намеря много копнеещата за щастие и лек. Така че, се вкочаних в предупреждението и се осмелих да не се върна там. Видях лекар и той каза, че случаят ми не е сериозен, че е прост нервен срив. Така че, взех някои лекарства и се подобрих. Бог използва онзи доктор, за да ми помогне. Колко пъти го прави без дори да осъзнаваме? По време на кризата си започнах да пиша, за да се забавлявам малко, като терапия. После осъзнах, че имам талант, който никога не съм забелязал. След кризата си намерих работа и се върнах в училище. В същото време желанието да бъдеш писател и да общуваш с хората растеше в мен. Тогава чух за планината Ороруба, свещената планина. Тя стана свещена заради смъртта на мистериозен шаман, и тя има величествена пещера на върха си, наречена пещерата на отчаянието. Може да осъществи всяка мечта, ако е чиста и честна. И така, реших да си опаковам багажа и да потеглим на пътешествие към планината. Сбогувах се със семейството си, но не разбраха мечтата ми. Въпреки това си тръгнах. Трябваше да вярвам в собствения си талант и потенциал. И така, изкачих планината и срещнах пазителя, древен дух. С нейните учения успях да преодолея предизвикателствата, които бяха билетът ми в пещерата. Историята обаче не е завършена. Пещерата на отчаянието никога не беше позволявала на никого да осъществи мечтите си чрез нея. Всички, които са опитвали, бяха обобщително заличени. Въпреки това, сънувах и да рискувам живота си няма да е пречка за мен. Реших да вляза в пещерата. Започнах да влизам в него и скоро се появиха първите капани. Успях да се отърва от всички тях и скоро след това попаднах на три врати. Те представляваха щастие, провал и страх. Избрах правилната врата и напреднах в пещерата. После, намерих нинджа и с бойните му изкуства се опита да ме унищожи. Опитът ме доведе до победа, а аз изсичах нинджа. След това напреднах повече в пещерата и намерих лабиринт. Влязох в нея и се изгубих. Тогава ми хрумна една идея и успях да намеря изход. След това, намерих набор от огледала. Този сценарий ме накара да се отразя и ми помогна да намеря себе си. И така, бутнах малко по-далеч в пещерата. Накратко, успях да напредна всички сценарии на пещерата и тя се видя длъжна да отдаде желанието си. Станах Гледачът и пътувах назад във времето, следвайки глас, който не познавах. Този глас беше твой, Кристин, и аз съм тук, за да ти помогна.

"Това е много информация наведнъж. Не знам дали си луд или си губя ума за това, че го чух. Вече бях чувал за пещерата и прекрасните й сили, но никога не си представях, че някой е влизал и е преодолял огъня й. Трябва да мисля малко и да размишлявам върху всичко, което чух.

"Мисли, Кристин, но не се бави. Времето ми тук изтича и трябва да изпълнявам мисията си.

"Обещавам да ти дам отговор скоро. Е, сега трябва да довърша разходката си и да се върна у дома.

Аз се сбогувах с Кристин и се връщам в хотела. Бях свършил моята част, сега остана само отговорът. Надеждите ми бяха в ръцете на съдбата и не знаех накъде сочи. Войната между "противоположните сили" ще настъпи скоро и отговорът на Кристин ще бъде решаващия фактор.

Решение

Предстоящото война между "противните сили" не ме остави по никакъв начин уверен. Никога не бях участвал в конкурс от този тип и това би било уникално преживяване. За да освободя сърцето и ума си, напускам хотела и се насочвам към руините на параклиса на Свети Себастиан, който е много близо. По пътя се чудя какви предизвикателства ще срещна и дали ще бъдат толкова трудни, колкото препятствията в пещерата. Е, бих направил всичко по силите си, за да спечеля по време на всякакви трудности. Мислите ми издигат и мисля за мечтата си и всяка пречка, която включва. Чудя се дали щях да получа търговски издател за книгата си. Дали също би инвестирало достатъчно, за да може книгата да постигне успех? Много съм наясно, че пещерата ми беше помогнала, но не би решила всичките ми проблеми. Очаквах, че пещерата е само началото на дълга и енергична литературна кариера. Не беше време обаче да се притеснявам за това. Имах по-важни неща за правене. Ще трябва да съединя "противниковите сили" и да помогна на Кристин да се окаже. Тези цели ме доближават до руините и миг по-късно докосвам останките от символа на християнството. Търся разпятието, което беше оставено непокътнато и при докосването му започвам да разбирам повече за моята религия и нейния основател. Беше се отказал от нас просто заради любов, която не можем да разберем. Толкова голяма любов, че успя да извърши чудеса. Това ми трябваше: Чудо.

Щях да се изправя пред неизвестни сили, които се изхранваха от егоизма, зависимостите, слабостите и човешката, сили, които успяха да унищожат човешкия живот. Поглеждам отново разпятието и това ме изпълва със смелост. Имаше пример за победител. Той също беше мечтател като мен и ученията му завладяха света. Той ни научи да обичаме и уважаваме другите и това беше посланието, което проповядвах в деня си. Оглеждам се около всичко, което е близо до мен: виждам хора, синьото небе и далеч, хоризонта. Не можех да разочаровам тях или себе си. С цялата сила в гърдите си викам:

"Готов съм!

Земята започна да трепери и за секунди се чувствам мъглив от мястото, където бях. Аз съм воден от косата и емоцията на момента затъмнява зрението ми, всичко е тъмно и празно.

Опитът в пустинята

Току-що се събудих и ставам да знам къде точно съм. Поглеждам в четирите посоки и виждам само пясък и небето. Сякаш бях насред пустинята. Какво правех тук? Що за шега беше това? В един миг бях при руините на параклиса (в Мимосо) и в друг бях на това тъмно, празно място. Започвам да ходя, търсейки нещо. Кой знае може би ще намеря оазис или някой, който може да ме води и да ми каже къде точно съм.? Усещането за самота се увеличава всяка минута въпреки убеждението ми, че винаги съм придружен от ангел. В тези моменти накрая си напомням колко важно е да имаш приятели или някой, на когото можеш да се довериш. Парите, социалното показно, суетните, успехът и победата са безсмислени, ако нямате някой, с когото да го споделите. Продължавам да ходя и потта започва да капе, гладът започва да ме напасва и жаждата също. Чувствам се изгубена, както направих в пещерен лабиринт. Каква стратегия бих използвал сега? Оазисът може да е навсякъде. Спирам за малко. Ще трябва да възстановя силата си и да дишам. Все още не бях достигнал границите си, но се чувствах доста уморен. Походът нагоре по стръмното стълбище ми идва на ум, този в Светилището на Богородица на Благодатта, мястото на настойника, в трюмове. Бях още дете и усилията на изкачване ми струваха много. При пристигането си на върха се качих на сигурно място от страх да не падна от стръмния хребет. Майка ми запали свещ и плати обещанието, което беше дала. Светилището е посетено от много туристи, и то взе появата на Дева Мария на онова място.

Слизайки от светилището, се чувствах по-спокойна и уверена. Така бих се чувствал при намирането на оазис. Връщам се на разходката си и имам въпрос на ум, който няма да излезе от главата ми. Къде беше предизвикателството? Нямаше смисъл да продължавам да ходя без отговори. Откакто бях направил пътуването до светата планина, изпълних предизвикателствата и влязох в пещерата имах план и цел. Сега се носех и без посока. Започвам да съзерцавам небето и виждам някои птици. Една страхотна идея изскача в главата ми и аз решавам да ги последвам както направих с бухалката в пещерата. След тридесет минути в преследването виждам езеро, където птиците кацат и надеждата ми се връщат с по-голяма сила. Близо съм до езерото и започвам да пия водата му. Пия малко, но лошият вкус ме кара да спра. Така че, аз седя за малко край езерото, за да си почина краката и краката, които бяха уморени от пътуването. Момент по-късно ръка докосва рамото ми и се обръщам назад. Пазителят, когото срещнах в планината, беше директно пред мен.

"Ти, тук? Не очаквах това.

"Сине мой, изглеждаш малко уморен. Не искаш ли да се прибереш? На семейството ти много му липсваш.

"Не мога. Трябва да изпълнявам мисията си. Беше същата дама, която ме изпрати в Мимосо, за да обединя "противниковата сила" и да помогна на Кристин.

"Забрави мисията си. Нямате сили да победите опонента си. Помнете, че дори господарят ви Бог Христос загива на кръста, защото не се е подчинил на Дявола.

"Вие се заблуждавате. Бог Христос излезе победителят в този спор и кръстът е символът на победата му. Изчакайте. Никога не си говорил по този начин. Кой си ти? Сигурен съм, че не сте настойник въпреки външния си вид.

Жената е дала плач на сарказъм и е изчезнала. Така че, това беше просто видение, искащо да се забърква с мен. Ще трябва да внимавам много с изявите. Оставам седнал без никакви идеи как да напусна онова обширно и празно място. Чувствам само пулса си, краката потрепват и подсъзнанието ми казват, че не е свършило. Какво липсваше? Вече се уморих от това предизвикателство. Поглеждам към хоризонта и в разстоянието, виждам някой да приближава. Нещо повече от видение ли беше? Ще трябва да внимавам. Когато се приближих, се уплаши и не можех да повярвам. Човекът ме прегръща и аз го връщам въпреки недоверието.

"Наистина ли си ми майка? Как се озова тук?

"Аз съм. Настойникът ми помогна да те локализирам. След като си тръгна, отидох в планината, тъй като бях много притеснен. И така, намерих пазителя и тя ме напътстваше.

"Чакай. Трябва да имам доказателство, че наистина си ми майка. Как се казваше любимата ми котка и кой прякор ми даде племенниците ми?

"Това е лесно. Името на любимата ти котка беше Печо и прякорът ти е чичо Божествен.

Отговорът ме успокоява и аз я прегръщам. Наистина имах нужда от някой познат в онази пустиня.

"Какво правиш тук?

"Тук съм, за да те убедя да се откажеш от всичко това. Рискувате голяма опасност в тази пустиня. Хайде, да вървим. Не трябваше да те оставям да напуснеш къщата.

"Не мога. Трябва да завърша мисия. Трябва да обединя "противоположните сили" и да помогна на Кристин. Освен това трябва да документирам всичко в книга, за да мога да започна литературната си кариера.

"Тази твоя мисия е луда. Не можете да победите силите на мрака, нито да публикувате книга. Колко пъти да казвам, че писането на книги няма да ви донесе никакви резултати? Ти си беден и неизвестен. Кой ще ги купи? Освен това нямаш талант.

"Напълно се заблуждавате. Мога да съединя "противоположните сили" и да сбъдна мечтата си. Не мога да повярвам, че ти си ми майка, въпреки, че и тя не ме насърчи. Знам, че тя има блясък на надежда, че наистина ще стана писател. Имам талант или иначе нямаше да вляза в пещерата, за да помоля планината да ме превърне в Гледачът.

Мигновено майка ми стана мъж със цветна светлина външен вид и с огнени очи. Бях малко шокиран, но подозирах, че не е тя. Човекът започна да се върти около мен.

"Гледач, Божий Син. Мислил ли си някога какво означават всички тези имена? ясновидство е подарък, който помага на индивида да познава бъдещето или да има точната представа за това, което става другаде. Вие нямате тези способности. Това, което имаш е недоразвита ясновидство. Превзето е от теб да твърдиш, че си могъщ ясновидец. Що се отнася до факта, че си Син Божий, това е голяма шега. Не помниш ли грешките, които извърши в пустиня точно като тази? Мислиш ли, че Бог ти е простил? Как тогава имаш наглостта да се наричаш Син Божий? За мен ти си по-скоро дявол, отколкото Син Божий. Точно така. Ти си Дяволът, като мен!

"Може да не съм могъщ ясновидец, но получавам съобщения от Създателя. Той ми казва, че ще имам светло бъдеще. Строя го всеки ден в работата си, в следването си и в книгите, които пиша. Що се отнася до грешките ми, аз ги познавам и съм поискал прошка. Кой не допуска грешки? Съсредоточих се върху това да стана нов човек и забравих цялото си минало. Посланията, които получавам, са, че Бог ме счита за свой син и аз твърдо го вярвам. Иначе нямаше да ме спасява толкова пъти.

С очи, пълни със сълзи, гледам вселената и обръщам гръб на обвинителя си. Аз давам силен плач.

"Аз не съм Дяволът! Аз съм човешко същество, което откри един ден, че имам безкрайна ценност за Бог. Спаси ме от криза и ми показа пътя. Сега, искам да остана с него и да се изпълнявам без значение от пречките и трудностите, които трябва да преодолея. Те ще ме съзреят и аз ще стана по-добро човешко същество. Ще бъда щастлив, защото вселената заговорничи за това.

Дяволът се отдръпна малко и каза:

"Ще се срещнем отново, Алдиван. Войната между "противните сили" тепърва започва. Накрая ще изляза победителя.

С това казано го нямаше. Мигът след, отново съм обгърната. За секунди се озовавам в предишния сценарий, отново под руините на параклиса. Разрешавам незабавно да се върна в хотела, за да си почина и да възстановя силата и духа си. Първото предизвикателство беше завършено, сега останаха само двама.

богомолците на мрака

На следващия ден се връщам на същото място, където бях отведен до първото преживяване. В безсъзнание мисля, че това е вратата към предизвикателствата. Когато погледна руините, чувствам сърцето си разкъсано от пустотата на мястото. Истинският път беше задушен от нечестива и извратена вещица. Сега, работата ми беше да балансиране на "противоположните сили" и възобновяване на мира, изгубен на онова място. Готов, повтарям паролата от деня преди и отново съм транспортиран. Намирам се на странно и тъмно място, където се извършва ритуал. Има около десет души, подредени в кръгове мърморят думи на език, който не познавам. По средата човек клекна, а другите сипват течност с непоносима миризма на главата. Момент по-късно на главата му растат два рога и неговото отброяване става ужасно изглеждащо. Вижда ме и става. Приближава, вдига меч и хвърля още един по мен. Изнервям се, защото не бях свикнал да се занимавам с оръжия.

Обажда ми се да се бия и започва да нанася някои удари. Опитвам се да ги блокирам с меча си и го правя, почти по чудо. Той продължава да атакува и аз се защитавам. Започвам да гледам движенията му, за да правя последващи реакции. Той е доста бърз и сръчен. Постепенно започвам да отвръщам на удара, а той изглежда изненадан. Един от движенията ми го наранява, но все още изглежда недопустим. Така че, разрешавам да обжалвам. Подхождам към него и без да го забелязвам, подгответе се за последна атака. Мечът ми помага да го небалансиран и със вкусно изцеден го ударих с всичко, което имам. Пада на земята, в безсъзнание. В същото време съм транспортиран до руините на параклиса. Второто предизвикателство беше изпълнено.

Опитът на притежанието

Третият ден най-накрая беше тук. Отново отивам в руините на параклиса. Третият опит беше белязано и не можех да чакам повече. Какво ме очакваше? Наистина не знам, но се чувствах готов за всичко. Пазителят, предизвикателствата и пещерата бяха допринесли значително за това. Сега бях Гледачът и вече не можех да се страхувам. Уверен и спокоен повтарям паролата от предния ден. Студен вятър удря, тялото ми се разклаща и спорове гласове започват да ме притесняват. За миг съвестта ми се транспортира в съзнанието ми и при пристигането ми там чувам някой да чука на врата. Аз решавам да му отговоря. При отварянето на вратата влиза цветна светлина предмет, тънък, с очи с цвят на мед и корона от тръни на главата му.

"Кой си ти?

"Аз съм Бог Христос. Не разпознаваш ли короната ми? Именно с него ми раниха главата.

"Какво правиш тук, в съзнанието ми?

"Дойдох да те владя. Ако се съгласиш, ще те направя най-могъщия и най-талантливия от мъжете.

"Откъде да знам, че си този, за когото се казваш? Искам доказателство.

"Това е лесно. Вие сте млад мъж от двадесет и шест, тих, мил и много интелигентен. Мечтата ви е да станете писател и затова сте направили пътуването до планина, която всички твърдят, че са свещени. Срещнал си настойника, младото момиче, призрака, момчето, победил си предизвикателствата и си влязъл в най-опасната пещера на света. Избягвайки капани и напредвайки сценарии, ти спечели. И така, това изпълни мечтата ти и те превърна в Гледачът. Въпреки това, пещерата беше само една стъпка в духовния ви растеж. Сега, трябвам ти да продължа пътя.

"И така, ти наистина си Бог Христос. Въпреки това, не знам дали искам някой в съзнанието си. Трудно е да свикнеш с глас, който ме води постоянно. Не можеш да ми помогнеш от Рая? Ще ми е по-удобно.

"Ако не остана тук, ще се превърнеш в провал. Решете бързо: Искате ли да бъдете мъж или искате да сте Бог? Ако изберете втория вариант, ще ви накарам да летите, да ходите по вода и да извършвате чудеса.

"Не вярвам. Отново ми трябва доказателство.

Обръщам тялото си към наводнение, където реката минава През Мимосо. Исках да имам истинско доказателство за случващото се с мен. При пристигането си при реката се опитвам да направя първите си стъпки по водата. При преминаването му ми се показва доказателство за неговата излъска. Бяха ме измамили.

"" Чудовище! Вие не сте Бог Христос! Веднага се разкарай от ума ми, заповядвам ти!

Човекът е преобразен в създание с рога и дълга опашка. Силен вятър започна да духа над него и го бутна право към входната врата на ума ми. Той напуска и вратата е затворена. Съвестта ми се нормализира и се чувствам по-добре. Опитът беше изчерпал силата ми и затова решавам да се върна незабавно в хотела с третото предизвикателство, което се срещна. Сега трябваше само да убедя Кристин и да тръгна за последната битка.

Затворът

При пристигането си в хотела съм изненадан от присъствието на делегат Помпей и подчинените му.

"Е, виж кой пристигна, точно на кого се надявахме. Г-н пророк, вие сър, сте арестуван. (Помпей)

"Как? Какво е обвинението?

"Той е затворен по заповед на кралица Клемилда и това е достатъчно.

Бързо подчинените ми сложиха белезници. Смес от не е вредно и гняв изпълват цялото ми същество. Силите на мрака използваха последната си възможност, за да предотвратят триумфа на доброто. Затворен не можех да направя нищо и с този Мимосо ще бъде загубен. Какво би станало с "противоположните сили" и с Кристин? В този точен момент вече бях загубил всяка надежда. Наредиха ми да ходя и точно това правя. По пътя към станцията, всички несправедливости, които изстрадах в живота си, ми идват на ум: Слабо коригиран тест, нечовешки обществен придружител, лошо изпитание и неразбиране от другите. Във всички тези ситуации се чувствах по същия начин: свален. Насочвам вниманието си към делегата и го питам дали не изпитва угризения. Той казва, че не го прави, но би, ако не изпълни заповедта, тъй като със сигурност ще загуби работата си. Разбирам мисълта му и нямам повече въпроси. Някъде по-късно пристигаме на нашата дестинация. Махат ми белезниците и ме слагат в килия, където има някои други затворници. Прекарвам първата си нощ напълно заключена.

Диалог

За малко време намирам начин да се вместим в другите затворници. Те са там по няколко причини: Един за кражба на пилета, други за отказ да плащат данъци, а някои, защото те не гласуваха за кандидата, номиниран от майора. Сред тях е Клаудио. Започвам да си бъбрим с него.

"Отдавна ли сте тук?

"Да, много време. Тук съм още откакто майорът откри, че излизам с дъщеря му. А ти, защо си в затвора?

"Е, имах разногласие с дама, наречена Клемилда. Извършила е тирания, заключвайки ме тук така. Но разкажи ми за себе си, толкова обичаш това момиче до такава степен, че рискува да се изкажеш пред майора?

"Да, обичам я. Откакто срещнах Кристин, аз съм нов човек. Дойдох да оценя важните неща. Отказах се и от лошите си навици и диви начини. Без нея не знам какво ще стане от живота ми.

"Разбирам. В момента, в който я срещнах, си помислих, че е специална. Срамота е, че трябваше да премине през такава трагедия.

"Чух за трагедията тук, в затвора. Въпреки това отказвам да вярвам, че жената, която обичам, е убиец. Нейният темперамент не съответства на този факт.

"Тя беше поредната жертва на вещицата Клемилда. Това създание неуравновесено "противоположните сили" и то заплашва цялата вселена. Така че, беше оставено на съдбата да трябва да ме изпрати в свещената планина, където срещнах пазителя, младото момиче, призрака и момчето. Завърших предизвикателствата и с това покорих правото да влезеш в пещерата на отчаянието, пещерата, която дава най-дълбоките ти мечти. Бяга капани и напредвайки сценарии успях да достигна края. После пещерата ме преобрази в Гледачката и направих пътуване навреме, следвайки писък, който чух. Този писък беше от Кристин. При пристигането си в текущия ден се опълчих на Клемилда и тя ми даде три предизвикателства, които завърших. Сега единственото нещо, което остава да направите, е да убедите любимата си да има последна битка. Сега обаче съм в затвора и това ми пречи да предприема каквито и да било действия.

"Каква история! Вече бях чувал за пещерата и прекрасните й сили, но никога не си представях, че някой може да я преодолее. Ти беше първият, който чух да говори за това. Виж, ако имаш нужда от помощта ми, аз съм на разположение.

"Благодаря. Има ли някакъв начин да избягаме от тук?

"Съжалявам, но няма. Тези порти са много силни, а изходите на сградата всички се наблюдават.

Отговора на Клаудио ме обезсърчи. Какво би станало от "противоположните сили", Кристин и Мимосо? Всеки изминал момент нещата с мен се влошаваха в затвора. Сега, единственото нещо, което трябва да направите, беше да се помолите и да изчакате чудо.

Посещение на Ренато

Току-що се събудих и чувството, което чувствах, сякаш всичко не беше наред, изобщо не ме кара да се чувствам добре. Това място не беше подходящо за мен, защото бях засегнат от високия отрицателен заряд. "Противниковите сили" извикаха вътре в мен и бяха по-активни от всякога. Малко по-късно един от пазачите идва и отваря килията за нас да излезем на слънце. Въвеждам опашката, която се формира. Разхождаме се малко и за малко време се връщаме в килията. При завръщането съм информиран, че някой ме очаква в зоната за посещение. Един пазач ме придружава и отивам да се запозная с този човек. При влизането в стаята за посещения съм изненадан.

"Ти ли? Какво правиш тук, момче?

"Дойдох да ти помогна. Сега дойде моментът да докажа, че съм полезен и че настойникът беше прав да ме изпрати да ви придружа.

"Да ми помогнеш? Как?

"Не се притеснявай. Вече имам всичко планирано. Когато всичко се случи не се замисляй, бягай.

"Какво възнамеряваш да направиш? Не е ли опасно?

"Не мога да кажа нищо. Просто прави каквото ти кажа.

"Благодаря ви, но не рискувайте толкова много само за мен. Вие сте само дете.

"Аз съм дете, но знам как да разграничим човешкото сърце. Чувствам, че си много специален човек.

Думите на Ренато ме докосват и аз го прегръщам. Той е с мен практически през цялото време, откакто започна пътуването и това създаде привързаност между нас. Вече се чувствах като баща му, но в този момент той беше този, който ме утеши и окуражаваше. След прегръдката той се сбогува и се връщам в килията, придружена от пазач. Намирам Клаудио и започваме нов разговор. Приблизително тридесет минути след заминаването на Ренато мириша странна миризма, димът покрива заграждението и всички започват да се паникьосват, включително и себе си. Представителят се извиква и поръчва всички клетки да бъдат отворени. В объркването помня съвета на Ренато и се насочвам от полицейското управление, без никой да ме вижда като димът е толкова плътен. На излизане намирам Ренато и избягаме заедно. Връщаме се в хотела и Кармен им ни поставя в специална стая. Имаше подземен вход и там бяхме настанени. Щях да съм в безопасност до последната битка.

Третата среща с Кристин

Кристин най-накрая реши и беше склонна да се срещне отново с мен. Тя чу, че съм арестуван и този факт й помогна да реши. Тя също беше пълен от неправдите, извършени от баща й и от злата господарка Клемилда. По определен начин тя вече контролираше своите "противоположни сили" и това беше от първостепенно място в решението й. И така, тя реши да намери Кармен, собственика на хотела. Беше сигурна, че Кармен знае нещо за местонахождението ми. Тя стъбло ръцете си на входа на хотела и веднага е посетена.

"Вие ли сте г-ца Кармен? Трябва да говоря с вас, госпожо.

"Да. Влезте.

Кристин отговори на поканата и влезе. Кармен отиде да донеси чай и бисквити. Тя се връща със завладяваща усмивка.

"Какво мога да направя за теб, скъпа? (Кармен)

"Търся Алдиван, Гледачът. Беше в затвора, но днес чух, че е избягал от затвора. Имаш ли представа къде е? Важно е.

"Нямам представа. Откакто го арестуваха, спрях да имам контакт с него.

"Не е възможно. Толкова ми трябват и него, и Мимосо. Така че, тогава всичко просто ще остане както винаги? Само колко време ще отнемем диктатора на Клемилда?

Сълзи изливат лицето на Кристин и тя изпада в отчаяние. Реакцията й движи Кармен и отива да я утеши.

"Ако тази среща с него е толкова важна тогава мисля, че мога да намеря начин.

Кармен се отдалечава от хола за момент и ме вика в стая. Като научавам за присъствието на Кристин ставам щастлива и решавам веднага да отида да я видя. Обръщам се обратно към хола, докато Ренато остава в стаята и Кармен отива в кухнята, за да приготви вечеря. Когато ме види, Кристин става и изтича да ме прегърне. Възобновя привързаността. Седяхме един до друг в стаята.

"Е, реши ли?

"Много съм мислил за това, което каза, и искам да кажа, че го вярвам. В манастира ме научиха да разпознавам кога човек е искрен.

"Освен да вярваш, готов ли си да промениш живота си?

"Да, и искам да забравя всичко, което се случи. Беше прав за факта, че не съм виновен за трагедията. Беше проклятие, което онази вещица ми пусна, когато тя докосна главата ми. Все още имам надежди, че тя е победен и че желанието, което направих на планината, е удовлетворено.

"И така, аз го направих. Намерил си се. Ти вече не изглежда да си тъжното, обезценено младо момиче. Радвам се за теб. Сега мога да имам право на последна битка. Наближава среща на "противоположните сили".

"Битка? За какво говориш?

"Това е сделката, която направих с Клемилда. Ако изпълних три предизвикателства и те убедих да откриеш съдбата си, щях да имам право на тази битка. Това е единственият шанс да се съберат "противоположните сили" и да ги балансират за пореден път.

"Разбирам. Мога ли да помогна? Аберация ми сили биха били от голяма помощ в битката.

"Защо? Много е опасно. Ако пострадаш, Кристин, нямаше да мога да си простя.

Мисля, че за няколко момента за предложението й. Чудя се дали наистина би била необходима на бойното поле. Не знаех каква война ще е това.

"Добре, можеш. Въпреки това, трябва да стоиш зад мен. Ще те предпазя от Силите на мрака. Междувременно покриваш задната с аберация си сили.

"Благодаря. Кога ще стане това?

"Утре. Чакай ме при руините на параклиса в 7:00.

Взимам си отпуската и я моля да запази местоположението ми в тайна. Тя се съгласява и си тръгва. Определено покаяние ми се яде, че съм приел битка, но е твърде късно. На следващия ден би било окончателно по отношение на съдбата на Мимосо и аз ще участваме в битка, която напълно ще промени живота ми и със сигурност вселената също.

Позоваването на Ангела

Кристин и аз пристигнахме навреме на мястото на срещата. Тя ме пита защо този сайт и аз отговарям, че това беше порталът към моите преживявания. Обяснявам й подробностите за "противниковите сили" и настоящия дисбаланс. След това моля за мълчание и започвам да се позовавам на Ангела, защото би било от голяма помощ в битката.

"Войната между "противоположните сили" наближава. В тази борба материалните и несъществени същества ще се изправят един срещу друг. Нашата група се състои само от двама души: Аз, Гледачът и Кристин, който е мутант. Нуждаем се от по-висша сила, за да ни даде нематериална сигурност, затова искаме от Нашия Отец, да изпратим Неговия Ангел да ни придружи и защити в тази усилна борба. Съдбата на Мимосо виси в равновесие и силата на добрината трябва да е пълна.

Повтарям молитвата три пъти и на последния чувствам сърцето си треперещо от неправилни удари и шестото ми чувство става напълно заточено. Момент по-късно вратите ми са отворени и имам разрешение да отключа загадките на другия свят. Виждам, в голяма стая на кралски дворец, се отвори врата и от нея оставят седем ангела, които заедно представляват самия Бог. Един от тях използвайте гоблен в ръката си, чието съдържание е моята настойчива молитва. Седемте ангела се приближават към трона на Всемогъщия Бог. Този, го разлива над огъня от дясната страна на Отца. Чуват се гръмотевици ревове и променени гласове. Вратата между двата свята се отваря и ангелът с бокала минава през нея. Вратата е запечатана и заключена до завръщането й. В този момент вратите ми са затворени и се връщам към нормалното. При възстановяване на съзнанието виждам Кристин да коленичи и до мен пламна Ангел с дълги и ярки крила, пали цялото място. На лицето му е написан Цар на царете и Господаря на лордовете. Краката и краката му изглежда горят и стройното му тяло преодолява всяка скулптура. Аз съм в готовност за няколко мига, възхищавайки се на красотата му. Решава да се свърже с мен чрез силите на мисълта. Моли ме да запазя спокойствие и да вдигна Кристин на крака, защото тя нямаше причина да му се покланя. Подчинявам се на Ангела и го питам какво ще стане. Казва ми, че не знае, че срещата между "противоположните сили" е непредсказуема. Уверява ме, че с него ще сме в безопасност. С подновени сили и райски защита разрешавам да опитам същата парола на предишния си опит. С цялата сила в гърдите си викам:

"Готови сме!

Земята се разклаща, небето потъмнява, звездите са разбити и цялата вселена усеща емоцията на момента. Последната битка щеше да започне и бъдещето и на двата свята беше заложено на карта.

<u>Финалната битка</u>

Сценарият все още се променя. Подът изчезва и ангелът трябва да ни даде сили, за да можем също да летим. На хоризонта разделителна линия се появява като вид силово поле, което ни пречи да преминем. След това идва моментът, в който започва всичко. Огромна тъмнина се приближава заедно с вампир и някакви качулати мъже. От другата страна е Клемилда, командваща всичко с нейните зло супер сили. Боят най-накрая започва. Ангелът и демонът, Кристин, и вампирът, и аз и хората с качулка. Борбата между нематериалните същества е просто невъобразима. Двамата се движат с невероятна скорост и ударите им са изключително мощни. С всяко въздействие двата свята изглежда треперят. Сблъсъкът между Кристин и вампира също е също толкова балансиран. Използва огнените си лъчи, за да се предпази от нападенията си. Срещам се и с трудност. Хората с качулка са квалифицирани бойци. Трябва да използвам всичките си ясновидски сили, за да се изправя срещу тях. Войната между "противоположните сили" едва започваше и трудностите бяха многобройни.

Борбата продължава и сблъсъкът постепенно започва да се променя. Някои мъже с качулка падат в изтощение, а аз се чувствам по-свободен. Борбата между ангела и демона и Кристин и вампира остана равна, но от моя гледна точка доброто печелеше. Само за няколко момента успявам да сломя последните си опоненти. После си почивам малко и наблюдавам боевете на другия. Надявам се на победи за всички тях. Клемилда възприема предстоящото си поражение и със силите си се позовава на немъртви. Те напускат гробницата на древно коренно гробище и са всички хора, които по един или друг начин се оставят да се отклонят от истинските си пътеки. Те са новите ми опоненти в битката. Сред тях разпознавам коренния Куалопу, магьосник, който почти е причинил изчезването на Нацията Местен. Той е най-страховитият ми противник, защото, подобно на Клемилда, доминира над тъмните сили. Преди да започна боя, започвам да си спомням ученията на настойника, предизвикателствата и пещерата. Всички тези стъпки са служили като невероятно духовно израстване за мен. Сега, ще трябва да използвам това в моя полза в битка. Боят започва и живите мъртви се опитват да ме заградят с целта да ме нападнат всички наведнъж. Отървавам се от тази обсада бързо и атакувам. Със силата на атаката ми, някои от тях се разкъсват. Куалопу започва да повтаря тиха молитва и в същия момент светлинен кръг ме подсигурява и ме оставя неподвижен. Другият немъртви наслади се, който да ме нападне. Споменът за пещерата излиза, когато трябваше да се изправя пред цял сценарий на огледала. Три размисли оживяха и представляваха петнадесетгодишен млад мъж, който беше загубил баща си, дете и старец. Изправих се срещу всички тези аспекти и открих, че никой от тях в настоящето не е двадесет и шест годишен младеж, писател, лицензиран по математика. Кръгът, който ме държеше, представляваше всички слабости, че при влизането в пещерата успях да контролирам. Мислейки за това фокусирах силите си и с импулс, кръгът е счупен. След това можех да отвърна и унищожих голям брой немъртви. Куалопу отказа да разпознае силата ми и с последен удар успях да го преодолея. Виждайки това, Клемилда се паникьосва и започва да формулира последната си стратегия.

Докато Клемилда се подготвяше, аз наблюдавах, че другите сили на доброто вече бяха в предимство срещу противоположната сила. Това ме направи щастлив и отпуснат. Също така взимам време да се отпусна и да си поема дъх. Накрая Клемилда решава. Тя си тръгва, за да се присъедини към боя директно срещу мен. Използвайки тъмни сили, тя се въоръжава с меч и щит. Ангелът вижда положението ми и със силите си ми дава същите оръжия. Започва Сблъсъкът и аз съм изумен от ловкостта на съперникът ми. Тя не беше аматьорка. Оставам в защита за известно време, за да я наблюдавам във всяко отношение. Отношението ми ме кара да загубя равновесие и Кметът успя да ме удари в лицето. Реорганизирам плановете си и се опитвам да контраатакувам. Отговорът ми получава резултати и се връщам в боя. С още един хвърляне я обезоръжавам, а тя остава без защита. След това, за да баланс на ситуацията по-нататък аз също да се отърва от бронята си. Хващам я и измерваме силите си. Тя се позовава на Дявола и аз, Бог Христос и неговия кръст. В същия този момент тя пада победени. Демонът и вампирът изчезват; слънцето и земята се появяват. Ангелът блести повече от всякога и мога да чуя от Небето шум от голяма празничност. Бях успял да събера "противоположните сили" и да помогна на Кристин. За миг ангелът се сбогува и изчезва. Пътуването ми във времето беше успешно и го повтарях винаги, когато беше необходимо да го направя.

Сривът на съществуващите структури

С падането на Клемилда черните облаци се разсеяха, привържениците му избягаха и Кристин беше излекувана. С това Мимосо се върна към нормалното си състояние и християнството възобнови мястото си. За да отпразнува, Кристин организира тържество в сградата на Асоциацията на жителите. Аз бях главният гост. Партито беше пълно с репортери, които продължаваха да задават въпроси.

"Вярно ли е, г-н пророк, че сте спасили Мимосо от ноктите на зла? Как се случи това?

"Е, аз бях само инструмент на съдбата, както и моя боен спътник тук, Кристин. "Противоположните сили" бяха с липса на баланс и мисията ми беше да ги съберем отново.

"Какво ще правите сега, сър?

"Е, не знам. Мисля, че трябва да изчакам ново приключение.

"Женен ли сте, сър? Каква е професията ти?

"Не. Давам приоритет на обучението си. За професията си аз съм административен асистент. Освен това съм лицензиран по математика и съм писател.

Въпросите продължават, но аз се отдръпвам от репортерите. Ще говоря с Кристин и ще видя как е тя. Казва, че е забравила трагедията, но все още е загрижена за Клаудио. Бил е арестуван преди известно време и тя е нямала новини. Тя потвърждава любовта си и казва, че той е незабравим. утеших аз я и се опитвам да я разведря. По време на партито оставам до нея, за да й дам сили. Когато свърши, й напускам сбогом и се връщам в хотела.

Разговор с майора

Преди да напусна Мимосо, реших да положат едно последно усилие за Кристин. Голяма любов като нейната и тази на Клаудио не можеше да мине без последен шанс. И така, отидох в резиденцията на страхове майор за последен разговор с него. При влизането в градината на къщата се обявих и малко след това бях пред него.

"Г-н майоре, дойдох да говоря с вас за красивата ви дъщеря Кристин. Просто бях с нея и осъзнах, че страда. Защо не дадеш шанс на събирача на данъци, Клаудио? Виж, не виждаш ли как той е най-подходящият мъж за нея?

"Не се включвайте в семейните въпроси. Не отгледах дъщеря си да има събирач на данъци като мой зет.

"Включвам себе си, защото съм й приятелка, а щастието й е от значение за мен. Ваше величество отхвърля Клаудио, защото е беден и прост. Забрави ли лошото си детство в Масейо? Ваше величество също е било просто. Важното в човешко същество са неговите качества, таланта и завладяваща му. Социалният ни статус не ни определя. Ние сме това, което нашите послушни казват за нас.

Отговорът ми разтърсва майора някои и настойчиво сълзи текат от очите му. Избърсва ги в срам.

"Откъде знаеш това? Никога не съм казвал на никого за тази тъмна част от живота си.

"Нямаше да разбереш дори да го обясня. Проблемът е, че се държиш несправедливо с Кристин и я лишаваш от истинска любов. Виждаш ли трагедията, която провокира с уговорените си бракове? Тази система не работи.

Майорът беше внимателен за няколко момента и скоро след това отговори.

"Добре. Ще позволя на двамата към днешна дата и след това да се оженят, но аз не искам да ги виждам тук близо до. Дъщеря ми продължава да бъде разочарование в живота ми.

"А колкото до Клаудио? Ще го освободиш ли?

"Да, днес.

"Майоре, още нещо. Напуснах работа като твой журналист. Не понасям повече да лъжа тези хора за теб.

Майорът се гърчеше от гняв, но аз вече бях тръгнал. При напускане се наслаждавам на чиста съвест, защото бях изпълнил ролята си. Сега, всичко, което беше оставено на съдбата, беше да се присъединят към двете сърца, които наистина се обичаха един друг.

<u>Сбогуване</u>

Накрая, моментът пристигна, за да може Клаудио да бъде освободен. Пред участъка на полицията чакаше приятелите си и страшната Кристин. Всички бяха нетърпеливи и нервни за случая. Вътре в станцията Клаудио подписва последните документи, които трябва да бъдат освободени.

"Свършено е с мен, делегат Помпей. Може ли да си вървя вече? Беше време на много страдания и мъка вътре тук. Помня добре деня, в който ме заключиха тук и това беше най-лошият ден в живота ми. (Клаудио)

"Вече можеш да си вървиш. Виж дали не можеш да не флиртуваш с момичета, които не трябва да бъдеш, а?

"Арестът ми беше тираничен и вие го знаете, сър. Престъпление ли е да обичаш? Аз не контролирам сърцето си.

"Е, предупреден си. Войник придружава темата до изхода.

Клаудио се оттегля и войникът се подчинява на заповедите на делегата. На излизане Клаудио изглеждаше леко назад, сякаш се сбогува с моментите, които беше прекарал в затвора. След това погледнал към небето, сякаш да обмисли цялата вселена. Чувстваше се свободен и щастлив, защото щеше да препоръча живота си. Миг по-късно той прегърна приятелите си и Кристин чакаше нейния ред. Двамата се обгърнаха и се целунаха по дължина.

"Любов моя! Вие сте свободни! Сега можем да бъдем щастливи, защото баща ми е позволил връзката ни. Планината е свещена, защото отговори на молбата ни. (Кристин)

"Вярно ли е това? Не вярвам! Това означава ли, че можем да бъдем заедно и да имаме децата си? Благословена планина. Не очаквах това чудо.

Двамата продължиха да се помятат и междувременно се приближавам. Достигахме времето на заминаването ми.

"Колко прекрасно да ви видя заедно и щастливи. Мисля, че мога да се върна, да съм спокоен, да се върна в реалното си време.

"Наистина ли трябва да тръгваш? Много жалко! Виж как сме се научили да се възхищаваме на усилията и решимостта ти. Никога няма да забравя какво сте направили за мен и за Клаудио, благодаря ви!

"И ти ще ми липсваш. В затвора, където бяхме държани заедно, те опознах малко и мисля, че заслужаваш шанс в живота и във Вселената. На добър час! (Клаудио)

"Преди да тръгна, искам да попитам едно последно нещо, Кристин. Може ли да публикувам книга с вашата история?

"Да, с едно условие. Искам да го заглавя.

"Добре. Какво е това?

"Ще се нарече "Противоположни сили".

Одобрявам индикацията на Кристин и им давам една последна прегръдка. Всички бяха част от историята ми. Със сълзи в очите се отдалечавам и се насочвам към хотела. Събирах си куфарите и си тръгвах. По пътя си спомням всички времена, които имах на онова селски място. Всичко, през което бях преминал, беше допринесло за моята духовна и морална формация. Сега, бях подготвен за нови приключения и перспективи. С бавни стъпала се приближавам до хотела. Казвам сбогом за последен път на всичко, което е около мен и заключавам, че няма да ги забравя напълно. Те ще бъдат вечно гравирани в съзнанието ми като спомени от първото ми пътуване във времето, пътуване, което промени историята на малко село, наречено Мимосо. Мислейки за това, се чувствам щастлив и изпълнен. Няколко минути по-късно пристигам в хотела и отивам в стаята си. Ренато спи и аз го будя. Опаковаме си куфарите и отиваме в кухнята, за да се сбогуваме с Кармен.

"Г-це Кармен, тръгваме си. Исках да кажа, че помощта ти беше много важна за мен, за да разбера подробностите за трагедията. Освен това бих искал да ви благодаря за гостоприемството и търпението.

"Именно аз бих искал да ви благодаря за всичко, което сте направили за Мимосо. Живеехме под диктатора, а вие ни освободихте. Надявам се всичките ти мечти да се сбъднат.

"Благодаря. Ренато, сбогувай се с г-ца Кармен.

"Искам да кажа, че си ми бил като майка през цялото това време. Обичах храната и съвета ти.

Тримата се приехме и емоцията на момента ме накара да проля някои сълзи. Това, което бяхме живели през тези тридесет дни, беше към края си. Тя би била завинаги специална в живота ми. Когато прегръдката свърши, ние вървяхме до вратата и размахахме последно сбогом. При напускане щяхме да се насочим към същата точка, в която завършихме пътуването назад във времето.

Възвращаемостта

От външната страна на хотела разглеждам за последен път онова, което беше моят дом през тези тридесет дни. Там бях имал първото си видение, което ми показа цяла история. Това беше реализацията на мечтите на Гледачът, всезнаещ същество, чрез виденията си. С фактите успях да вляза в графика на събитията и да действам така, че неправдите да бъдат оттеглени. Това ме остави с чиста, щастлива съвест, защото бях изпълнил мисията, която настойникът ми беше поверил. Бях успял да обединя "противоположните сили" и да помогна на Кристин да намери истинско щастие. Следователно Мимосо се завръща в християнството и много от верните му могат да се покланят, възхваляват и възвеличават Създателя. Иска ми се да имах малко повече време да се насладя на цялата тази работа. Е, ще наблюдавам духом. С един поглед гледам Ренато и осъзнавам как е бил важен в мисията ми. Без него контактът ми с Кристин нямаше да бъде адекватно направен, нито щях да избягам от затвора. Наистина си беше струвало да го заведем на това пътуване.

Продължаваме да вървим и бързо да се приближаваме към подножието на Планината Ороруба, планината, която всички смятаха за свещена. Именно там срещнах пазителя, призрака, младата жена и детето, завърших предизвикателства и влязох в най-опасната пещера на света. Вътре в пещерата, избягвайки капани и напредвайки сценарии успях да го направя да изпълни мечтата ми и това ме промени в Гледача. Всичко това беше изключително важно, за да мога да направя пътуването навреме и да променя линията на събитията. Сега бях там, в подножието на планината, изпълних и вече мислех за следващото приключение. Бях толкова концентриран върху това, че малко осъзнах, че малка ръка ме дърпаше. Обърнах се да видя какво става. Беше Ренато.

"Какво ще стане от мен сега, г-н пророк?

"Е, ще те върна при настойника, който се грижи за теб, нали?

"Обещайте, че ще ме заведете на следващото си пътуване. Обичах да отсядам тридесет дни в село Мимосо. За първи път се чувствах полезен и важен.

"Защо? Само ако е строго необходимо. Ще видим.

Отговорът ми изглежда не е направил Ренато точно щастлив, но нямам нищо против. Не можех да гарантирам нищо за бъдещето, въпреки че съм медиум. Освен това не можех да предсказвам какво ще се случи с книгата, която ще публикувам. От него зависеха новите ми приключения. Забравям малко за въпроса за книгата и се концентрирам в заобикалящата природа: Сивите облаци, чистият въздух, буйната растителност и горещото слънце. Седемте дни, които бях прекарал на върха на планината, ме бяха научили да го уважавам напълно. Когато не правим това, той отговаря отрицателно. Примерите не са малко: Природни бедствия, глобално затопляне и недостига на природни ресурси. Краят е близо, ако останем в това състояние на ирационалност.

Времето минава и се изкачваме напълно по планината. Връщаме се до момента, в който направихме пътуването навреме, и започвам да се концентрирам. Създавам кръг светлина около нас и започваме да се забавяме. Беше необходимо да се направи обратното на това, което беше направено преди това, за да се придвижи напред във времето. Студен вятър удря, сърцето ми се ускорява, гравитационните сили губят мощност и с това можем да започнем да правим обратния път. Пръстенът на светлината се разширява, а годините минават от 1910, 1920, 1930, 1940, 1950, 1960, . 2010. Когато получихме точно в този момент, кръгът се отцепи и падаме на пода. При ставането виждам пазителя, а това ме прави по-щастлив.

"Така че тогава, виждам, че вече сте се върнали. Успя да събереш "противоположните сили" и да помогнеш на момичето, Чедо Божие?

"Да. Пътуването беше успешно и успях да преназнача смисъла на нещата. Пещерата беше много важна за мен, за да имам успех.

"Пещерата ще бъде само една стъпка по пътя ви. Тя следва да служи като подкрепа за растежа и учението. Гледачът все още има много предизвикателства, пред които да се изправи. Бъдете мъдри и благоразумни в решенията си.

"Е, връщам Ренато при теб. Беше прав да го изпратиш с мен. Той беше важен. Освен това бих искал да ви благодаря за цялото внимание и отдаденост, които ми дадохте. Без твоите учения нямаше да победя пещерата, нито да стана Гледачът.

"Не ми благодари още. Трябва да се връщате на това свещено място, когато е необходимо. Тогава ще се явя и ще ви покажа пътя. Преди всичко помнете: Любовта и вярата са две мощни сили, които когато правилно се използват, произвеждат чудеса. Когато се съмнявате или по време на най-тъмната нощ на душата си, прилепете се към вашия Бог и към тези две сили. Те ще ви освободят.

Като каза това, пазителят изчезна заедно с Ренато. Стоях няколко момента, мислейки за това, което каза пазителят. Най-тъмната нощ на душата ми? Мисля, че трябва да науча повече за това. Грабнах куфарите си и започнах надолу по планината. Бих хванал първата кола, която се върна у дома.

У дома

Току-що се върнах от пътуването си и роднините ми ме приемат с парти. Майка ми изглежда притеснена, тъй като е неотстъпчива да ми задава въпроси. Отговарям на някои и тя става по-спокойна. Отивам в стаята си, за да си прибера куфарите. Отново гледам творбите, които прочетох през последните години и се чувствам още по-щастлива, защото скоро моята е да бъда сред тях. Сега съм част от литературата и се чувствам много горд с нея. Вниманието ми се отклонява и отбелязвам, че леглото ми е пълно с книги по математика. Чувствам се малко виновен, че съм ги изоставил за малко повече от месец. да правя няколко изчисления. Накрая се върнах към правенето на математика, другата страст на живота си.

Край

www.ingramcontent.com/pod-product-compliance
Lightning Source LLC
LaVergne TN
LVHW011938070526
838202LV00054B/4710